Chris Westwood

Una luce nel buio

traduzione di Ada Arduini

JUNIOR MONDADORI
Collana diretta da Francesca Lazzarato

MONDADORI

A mia madre e a mio padre
con amore

Copertina:
Illustrazione di Davide Toffolo
Grafica di Fernando Ambrosi

Il nostro indirizzo Internet è:
ragazzi.mondadori.com

Titolo dell'opera originale *A Light in the Black*
Prima edizione settembre 2000
Stampato presso Mondadori Printing S.p.A.
Stabilimento N.S.M., Cles (TN)
Printed in Italy
ISBN 88-04-48283-4

PARTE PRIMA

Cani giocattolo

Capitolo primo

Arrivò in città all'inizio dell'estate, appena due mesi dopo che avevano chiuso la miniera. Arrivò saltellando, con jeans strappati al ginocchio e scarpe da ginnastica senza lacci, grandi occhi ingenui rivolti al cielo e un sorriso enigmatico sulle labbra. Arrivò senza fare rumore, senza essere annunciato; non c'era la banda ad aspettarlo alla stazione; niente bandiere né striscioni per le strade. Arrivò in città, in quella piccola e noiosa cittadina nera come il carbone, perché qualcuno l'aveva chiamato.

E lui rispondeva sempre.

A volte, nel silenzio della notte, le sentiva. Camminando in questa o quella foresta, dove persino le creature della notte si stringevano silenziose l'una all'altra, le sentiva. Sentiva le voci mentre andava da un posto all'altro, seguendo canali, autostrade e sentieri, rovistando nel contenuto del suo zaino, in questa o quella città. Le voci fluttuavano nella brezza, sussurrando come aria notturna e a volte, quando arrivavano tutte insieme, supplichevoli, lamentose, esigenti, lui faceva crocchiare le nocche e sospirava:

— Vi darò quello che volete; *tutto* quello che volete e anche di piú!

Ora, fermo davanti ai binari, con la brezza estiva sul viso, sentiva soltanto il treno che si allontanava sempre piú. Dilatò i polmoni per respirare la città, per assaggiarne l'aria.

Carbone bruciato. Rose.

Piú carbone bruciato che rose.

Gas di scarico, erba appena tagliata, profumo.

Si fermò e si guardò attorno. Il profumo veniva da una ragazza che si trovava sul marciapiede della stazione, una ventina di metri piú in là. Se all'aria aperta profumava cosí, chissà che effetto faceva in una stanza chiusa.

Sollevò lo zaino, inspirò e s'incamminò verso la scala che portava al cavalcavia, alla città e all'odore del carbone, ma prima che ci arrivasse la ragazza lo fermò con uno sguardo. Con quegli occhietti nervosi, da criceto, sembrava pronta piú a scappare via che a fissarlo, invece gli domandò bruscamente: — Da dove viene?

— Da fuori città.

La ragazza si accigliò, stupita. — Con quel treno?

— Certo. Perché no? — rispose lui con una lunga occhiata ai binari.

— Come ha fatto a scendere?

Per tutta risposta, si strinse nelle spalle. Quanti modi ci sono per saltare giú da un treno?

— Quel treno — insisté la ragazza — non ferma mai qui. Passa sempre velocissimo. *Uooosh*! Come sarebbe potuto scendere?

Lui si strinse di nuovo nelle spalle, sfoderando un sorriso enigmatico. — Sono saltato.

— Non ci credo. Non l'ho vista.

— Credi soltanto a ciò che vedi?

In lontananza si sentí arrivare un altro treno e d'un tratto la ragazza sembrò desiderosa di darsela a gambe.

— Non credo che si possa saltare giú da un treno in corsa senza rompersi una gamba o altro — insisté. — Mi sta prendendo in giro, scommetto che ha seguito i binari. — Abbassò gli occhi e si fissò le scarpe. — E comunque... cos'è venuto a fare in una città come questa? È piú morta d'un morto. Non troverà niente, qui.

Senza rispondere, lui guardò il treno in arrivo: un locale. Procedeva lentamente, facendo fischiare i freni.

Mentre la ragazza si dirigeva verso il treno senza guardarsi indietro, vide tutto di lei: il lavoro che aveva perduto in fabbrica, la famiglia... sí, la famiglia. Ecco perché era cosí tesa. Quando il treno si fermò e gli sportelli cominciarono ad aprirsi, le gridò: — Non c'è bisogno che ti preoccupi! Tua madre sta bene!

Gli sportelli erano ancora aperti, ma la ragazza non era salita. Si era fermata, come trafitta. Si voltò a fissarlo, occhi e bocca spalancati.

— Ma certo che sta bene! — aggiunse lui, col suo sorriso enigmatico. — So cos'è successo, ma credi a me: uscirà dalla terapia intensiva prima che tu te ne renda conto!

La ragazza era sempre immobile.

— Come sa che è in...

— È là che stai andando, vero? All'ospedale? Attenta a non perdere il treno.

Gli sportelli sbatterono alle spalle della ragazza. Un ferroviere avanzò sul marciapiede, controllando e chiudendo le porte rimaste aperte. Per un lungo minuto la ragazza fissò sbigottita, pallidissima, quell'uomo con i jeans strappati e sporchi, le scarpe da ginnastica senza lacci e il sorriso misterioso. Poi gridò: — Non sta parlando sul serio! Chi diavolo è lei?

Ma lui, sistemandosi meglio lo zaino in spalla, si allontanò saltellando e fiutando l'aria con un sorriso.

Chiaro come il sole: sapeva tutto di lei, della sua famiglia e di quanto ci sarebbe voluto prima che sua madre uscisse dalla terapia intensiva. Sapeva un sacco di cose. Tutto sulle persone, per esempio. Sapeva che la miniera aveva chiuso, lasciando mille e duecento uomini in cassa integrazione; sapeva quante famiglie se ne sarebbero volute andare a trovare lavoro altrove, ma non potevano permetterselo. Sapeva che i ragazzi si annoiavano, che alcuni erano furiosi, che altri di notte spaccavano gli steccati e altri ancora scorrazzavano in auto per la città.

Salí i gradini che portavano al cavalcavia, alla città e

all'odore del carbone, sapendo che laggiú c'era lavoro per lui. Camminava leggero e sorridente, sapendo di non avere un biglietto ferroviario in tasca: a che ti serve il biglietto, se puoi far addormentare il capostazione davanti alla sua tazza di tè col solo potere del pensiero? Il capostazione russava piano e anche la cittadina sembrava appisolata, di sicuro non lo aspettava; ma qualcuno, da qualche parte in città, lo stava chiamando.

Sapeva che la ragazza non gli avrebbe mai creduto se le avesse detto la verità riguardo al treno. Aveva viaggiato in prima classe e poi aveva immaginato di trovarsi sul marciapiede; gli bastava pensarci, per rendere le cose reali. Sapeva che lei avrebbe riso perché credeva solo a quello che poteva vedere, ma era la pura verità. Però non ci avrebbe creduto nessuno; nessuno avrebbe immaginato cos'era in grado di fare, almeno non finché avessero visto *tutto*.

In cima alla scala c'era il cartello col nome della stazione. EASTFIELD, lesse sillabando. Sul cavalcavia, il traffico lo sfiorava senza neanche notarlo; lassú gli odori si percepivano molto meglio: la sporcizia, il sudiciume, gli effluvi di una città morente. Nell'aria riusciva quasi a sentire il silenzio, un silenzio un tempo coperto dai rumori della miniera. Adesso si avvertiva soltanto il ronzio delle fabbriche e il cicaleccio dei ragazzi che marinavano la scuola.

Sí, c'era lavoro per lui in quella cittadina nera come il carbone. E sapeva anche un'altra cosa. Poteva salvare quella città, o distruggerla, a piacere. Non era fantastica, la vita?

Sotto di lui, il treno dov'era salita la ragazza si mise lentamente in moto e uscí dalla stazione. Per un po' lo seguí con lo sguardo dall'alto del cavalcavia, finché non sembrò piccolo come uno scarafaggio. Poi si voltò verso la città e cominciò a camminare.

Capitolo secondo

Dopo la scuola Jules raccolse le sue carabattole, libri di testo e quaderni, e si diresse verso casa. Abitava in una delle nuove case alla periferia della città e per arrivarci bisognava attraversare un terreno edificabile di un chilometro quadrato abbondante. Sei mesi prima avevano cominciato a demolire i vecchi edifici in mattoni rossi che si trovavano tra il liceo e casa sua, lasciando al loro posto soltanto macerie: mattoni, polvere, pietre spezzate. Nessuno sapeva cos'avesse intenzione di farci il Comune; chissà, forse sarebbe rimasto cosí per sempre.

A Jules quel terreno sembrava una foto uscita da un libro di storia: lo sbiadito bianco e nero di una di quelle città inglesi bombardate durante la guerra, solo che qui il danno era stato inferto dalle ruspe e non dalle bombe.

Erano state giornate campali per gli sciacalli, a giudicare dal poco piombo, legno e vetro rimasti. Alcuni erano arrivati addirittura con le carriole, strappando i fili alla ricerca di rame, spaccando porte e infissi per farne legna da ardere e portando via qualunque altra cosa fosse possibile utilizzare. Da quelle parti si aggiravano ragazzi dagli occhi spenti che non andavano a scuola e sembravano non avere di meglio da fare che fracassare finestre e steccati. Passavano la notte raggruppati intorno agli angoli di strade illuminate da luci fioche, senza far niente, neanche parlare; alcuni, poi, organizzavano serate da favola prendendo a calci lattine di Coca, o pestandosi a sangue o prendendosela col muretto del giardino di qualcuno. A Eastfield, se non riparavi tu quello che era stato rotto, nessun altro ci pensava. Certi rompevano e certi pagavano: funzionava cosí. Sulla strada principale, le vetrine dei negozi erano imbiancate o ricoperte da assi e decorate da graffiti. Pezzo per pezzo, stavano distruggendo la città o quanto ne era rimasto; e quello che era stato risparmiato dai teppisti, veniva demolito dal Comune.

Fu in Faith Street, o in quella che un tempo era Faith Street, che Jules lo vide per la prima volta: chi o cosa fosse con quella luce scarsa era difficile dirlo; sembrava soltanto una sagoma sfocata. Ma quante sagome sfocate fanno cenni e sorridono?

Jules avanzò esitante, e rabbrividí. Si era levato il vento e la temperatura era calata di colpo. Alcune nuvole si erano addensate nel cielo, sciupando la giornata estiva. Una polvere grigio cenere si levò dal terreno come un velo, costringendo Jules a socchiudere gli occhi. Probabilmente l'uomo, se era un uomo, era un altro sciacallo alla ricerca di trofei. Da qualche parte lí vicino giunse il fragore di un treno in arrivo o in partenza. Perché, man mano che Jules si avvicinava, la figura somigliava sempre meno a un uomo e sempre piú a un'ombra? Per un attimo gli sembrò di vedere la figura alzare le braccia, mentre il sorriso svaniva e il corpo s'immobilizzava in ascolto. Nessuna ombra si comportava cosí.

E poi il rombo del treno gli risonò nelle orecchie, fondendosi col battito stesso del suo cuore. Ormai la scuola si trovava dietro di lui in West End Lane, irrimediabilmente lontana, i mattoni grigi sotto il cielo sempre piú scuro. Il traffico scorreva incessante. Non poteva tornare indietro, no, era assurdo; era assurdo fuggire da un'ombra sotto un lampione. Quando raggiunse quello che un tempo era l'incrocio tra Faith e Cambridge Street, le nuvole si dispersero, filtrò un sole velato e la figura svaní davanti a lui come polvere nel vento.

“Strano, ma per un momento” pensò Jules “per un momento avrei giurato che…”

Gli occhi, o forse i nervi, gli avevano giocato un brutto scherzo. Ecco perché, per un istante, una semplice ombra gli era sembrata un uomo. In una città come quella, in un periodo come quello, i nervi potevano saltarti all’improvviso, provocare perfino delle visioni. Non era l’unico a desiderare che succedesse qualcosa; non poteva restare bloccato in quel buco per sempre, sant’Iddio! Tra poche settimane avrebbe sostenuto gli esami, e dopo ci sarebbe stato l’apprendistato e poi… no. Non aveva senso preoccuparsi per qualcosa di cosí lontano. Poteva soltanto sperare, esprimere desideri.

Quasi prima che se ne rendesse conto, il cielo era tornato azzurro e lui era arrivato a Mount Temple, con le sue file di casette a forma di scatola ben divise da stradine regolari. Gli ricordavano i pacchi di cereali sugli scaffali del supermercato. Scatole, scatole, scatole. “Passi la tua vita in una scatola” pensò “e alla fine ti seppelliscono in una scatola.” Mount Temple Drive, Mount Temple Grove, Mount Temple Walk… e, per finire, la piú grande idiozia di tutti i tempi: Mount Temple Mount… un nome che confermava il senso dell’umorismo (o l’assoluta follia) degli urbanisti cittadini.

Svoltando in Mount Temple Crescent, vide Laurie che correva scalza verso la buca della sabbia in fondo al prato sul retro della casa. Toby, il suo cagnolino, l’aspettava paziente nella sabbia e non batté ciglio quando lei inciampò e gli atterrò accanto.

— Toby si è fatto male alla zampa — strillò Laurie quando Jules entrò, chiudendosi il cancelletto alle spalle. — Si è tagliato con un pezzo di vetro.

— Non mi pare che si lamenti — replicò Jules.

— Prima sí. Ha pianto tutto il pomeriggio. Gli fa male. Lo *so*.

Per un attimo Jules fu tentato di chiederle di vedere il

sangue, poi preferí tacere e si diresse verso casa. Toby poteva farcela benissimo; ormai si era procurato tante ammaccature da essere praticamente immune... Una volta era rimasto perfino schiacciato tra le ruote dell'auto di papà e non si era fatto nemmeno un graffio. Erano quindici anni che Toby era in ottima forma, dal primo compleanno di Jules, e probabilmente lo sarebbe rimasto per altrettanto tempo. Bastava montargli degli occhi nuovi, dargli una mano di vernice alle ruote ed eccolo come nuovo. Laurie aveva appena compiuto sei anni – che in effetti non erano molti – ma quanto le ci sarebbe voluto per rendersi conto che quello stupido cane era solo un giocattolo e non sentiva niente, qualunque cosa tu gli facessi?

— Lo *so* che è un giocattolo — gli stava strillando dietro Laurie. — Però gli fa male lo stesso! Guarda! Non vuoi vedere dove si è tagliato?

Jules entrò in cucina e mise giú i libri, poi avvicinò una sedia al tavolo e prese un pacco di biscotti. Da lí, allungando il collo, poteva vedere la sorellina in fondo al giardino: stava accarezzando il cane-giocattolo, e certo gli spiegava come gli avrebbe fasciato la zampa appena mamma fosse tornata a casa.

Masticò un biscotto senza sentirne il sapore, pentito di aver preso appuntamento con Dave Brookman per quella sera. Alle nove, sant'Iddio. Quando si usciva con Brookman, non si sapeva mai che cosa poteva succedere. Mentre invece, se solo ci si fosse impegnato, sarebbe potuto uscire con la ragazza dei suoi sogni: l'aveva vista quel giorno per la prima volta. Era successo mentre stava seduto con Steve Harper nella sala-studio riservata agli studenti di seconda: una ragazza nuova, un sacco carina, con occhi e capelli castani, che lo guardava con un sorriso timido.

— Che aspetti? — aveva sibilato Steve Harper, al riparo del libro di matematica. — Ti ha *sorriso*, no? Che aspetti?

Jules aspettava che gli passasse la paura. Sempre la solita storia: era facile parlare con le ragazze che non ti piacevano, mentre affrontare quelle che ti piacevano era come affrontare una passeggiata nella valle della morte. Imbarazzato, non aveva ricambiato il sorriso. Aveva perso completamente la testa. Piú tardi, chiedendo in giro, aveva scoperto che si chiamava Rachel: sembrava che nessuno ne sapesse granché, né da dove venisse né cosa ci facesse in una città insulsa come Eastfield. Ma per il momento il nome bastava; Rachel gli aveva sorriso, ma quella sera non l'avrebbe incontrata perché aveva promesso a Brookman di uscire con lui. Un disastro.

Stava mangiando il secondo biscotto quando entrò Laurie, ancora scalza, lasciandosi dietro tracce di sabbia.

— È venuto uno, prima che tu tornassi — annunciò, raggiungendolo a tavola.

— Uno chi? — Certo non si riferiva a Brookman; tremò al pensiero delle parolacce che avrebbe potuto insegnarle se l'avesse trovata da sola. — Cercava me?

— No, voleva me — rispose Laurie. — Oggi l'ho visto fuori da scuola e mi ha salutato.

— Uno che non conosci?

— Credo di sí.

— E poi è venuto qui?

Laurie annuí. — Te l'ho detto. Io...

— Maledizione, Laurie! Quante volte te lo devo ripetere? Te l'avrò detto mille...

— Stavolta era diverso. Era un uomo gentile.

— Come no. «*Vuoi una caramella, tesoro?*» Sicuro che era gentile. — Si alzò da tavola e andò all'acquaio a riempire il bollitore. — Che voleva?

— Non voleva niente. Comunque non ero sola con lui. C'era anche nonna.

Jules si strinse nelle spalle. — E con ciò?

La nonna c'era sempre. Viveva con loro da quasi quattro anni, da quando suo marito era morto: alla fine, una vita di lavoro in miniera e il fumo delle sigarette gli avevano fatto fuori i polmoni, e lui con loro. Ora nonna passava quasi tutto il tempo a letto a dormire. Il resto della giornata lo trascorreva leggendo o ricordando tempi migliori con chiunque fosse disposto ad ascoltarla. Ma anche se lei era sempre al piano di sopra, la casa sembrava ugualmente vuota; e quando, nei pomeriggi silenziosi, ti capitava di sentire un gemito e qualche passo, facevi un salto prima di renderti conto che era soltanto la nonna che si faceva un giretto. Il fatto che ci fosse lei, in casa, non contava: in pratica, era come se Laurie fosse rimasta sola con quell'uomo.

Jules accese il bollitore e poi versò un cucchiaio di caffè istantaneo in una tazza.

— Gli ho fatto vedere la zampa di Toby — continuò Laurie. — Dove si è tagliato.

— Immagino che questo l'abbia affascinato.

— Sai che ha detto? Ha detto che presto Toby tornerà come nuovo, e allora la smetterà di piagnucolare e guaire.

— E aveva un nome, questo tale?

Laurie ci pensò su. — Mi sembra che abbia detto di chiamarsi Sands o qualcosa del genere.

Jules fece una piccola equazione mentale: Sands uguale sabbie, buca della sabbia, uomo della sabbia[1]. Forse lo sconosciuto esisteva soltanto nella fantasia di Laurie, come la ferita di Toby... o come la sagoma intravista in Faith Street.

— No — decise lei alla fine. — Era piú come... Stands. Il signor Stands. Ha detto che verrà a trovarmi di nuovo. Avresti dovuto esserci, Jules. Era cosí gentile, davvero.

— Hai ragione. Avrei *dovuto* esserci. Senti, Laurie, fammi un favore. Se dovesse tornare, ignoralo. Mamma darebbe in smanie, se lo sapesse.

Laurie, che stava tornando verso la porta sul retro, si fermò e si voltò a fissarlo.

[1] Nei paesi anglosassoni, personaggio di favole e leggende che getta sabbia negli occhi dei bambini per farli dormire.

— Non le dirai niente, vero? Sciuperesti tutto.

— Ricordati le mie raccomandazioni, e io non dirò una parola — replicò Jules. Laurie lo fissò imbronciata... il suo broncio piú impudente. Poi spalancò la porta e corse di nuovo in giardino. Zero a zero.

Jules spense il bollitore e tornò al tavolo mescolando il caffè. Nel cesto della biancheria sporca, abbandonato in mezzo al pavimento di linoleum, vide una delle bambole di Laurie: una di quelle che camminano, parlano, fanno pipí e quasi ogni altra cosa tranne invecchiare. La tirò su con la mano libera e la mise seduta sul tavolo. Laurie le aveva dipinto in faccia dei puntini rossi col pennarello. A prima vista sembrava varicella. Pazzesco.

È pazzesco quanta immaginazione si spreca da bambini, tentando di far sembrare reali cose del genere. Anni addietro Jules aveva combattuto vere guerre con i suoi pupazzetti di plastica: alcuni li aveva macchiati di vernice rossa per simulare il sangue e aveva persino torturato un prigioniero di guerra, ricoprendolo di miele e lasciandolo alla mercé delle vespe.

E adesso che lui era troppo grande per scemenze simili, c'era Laurie che giocava alla mamma con Toby e con quella stupida bambolina punteggiata di rosso. Per un certo periodo, nella tua mente i giocattoli diventano vivi, reali.

Sulla schiena della bambola c'era un anello di plastica legato a una cordicella di nylon. Lo tirò. Mentre la cordicella si ritirava, all'interno del giocattolo risuonò un sommesso fruscio d'ingranaggi. — *Mi chiamo Mandy* — annunciò la bambola senza nemmeno muovere le labbra — *e non mi sento tanto bene*.

Jules sorrise: un sorriso comprensivo. Tirò di nuovo l'anello.

— *Mi chiamo Mandy e mi sento molto meglio, grazie.*

— Prego — rispose Jules, e la restituí al cesto della biancheria.

Capitolo terzo

— Allora *guida* — disse Dave Brookman.

Jules lottò con la frizione, cercò il freno a mano e di colpo gli sembrò passata un'eternità da quando aveva avuto il permesso di guidare l'auto del padre nelle strade vuote del complesso industriale. Da allora, non aveva piú toccato un'auto.

Il motore ruggí, ma l'auto rimase immobile; Brookman stava diventando impaziente.

— Cerca di innestare la marcia — suggerí a voce bassa.

— Giusto. — Jules annuí. — Lo sapevo, che qualcosa non andava.

Erano saliti su una Vauxhall Chevette arrugginita, un modello di fine anni Settanta che Brookman aveva trovato parcheggiata dietro il pub Red Lion sulla strada principale. Il contachilometri segnava piú di 190 000 chilometri, i pneumatici erano lisci e secondo Jules era tenuta insieme dalla ruggine. Se li avessero beccati, sarebbe morto sul colpo. Innestò faticosamente la prima.

— Non scordarti i fari — lo avvertí Brookman.

Jules annaspò alla ricerca del pulsante, ma attivò invece i tergicristalli. Ne provò un altro, e i fari si accesero.

— Forza, guida — lo incitò Brookman. — Ce la fai a partire prima che quel maledetto pub chiuda?

Due fari si avvicinarono e passarono oltre. Jules trattenne il fiato e li guardò allontanarsi. Grazie a Dio non era un'auto della polizia. Ricominciò a respirare lentamente, mollò il freno a mano e partí.

La Vauxhall avanzò sobbalzando come un canguro.

— Non è un granché — commentò Brookman, sistemandosi sul sedile. — Ma a Eastfield non circola nessuno con la Porsche. La prossima volta fregheremo un'auto sportiva, piú nuova...

"La prossima volta?" pensò Jules. A lui, una volta sola sembrava piú che abbastanza. La Vauxhall, che finalmente aveva assunto un'andatura regolare, imboccò la strada principale, passando davanti a negozi bui, insegne di affittacamere e sale da bingo illuminate. Una volta, quando i suoi genitori erano giovani, Eastfield aveva tre cinema. Adesso c'erano due sale da bingo. E dato che l'ultimo cinema aveva chiuso l'estate precedente, fra poco di sale da bingo ce ne sarebbero state tre. Sai che spasso.

Svoltò a sinistra e imboccò Beech Street, fiancheggiata da un centinaio di case a schiera. Là c'era piú silenzio e meno luce, perché i lampioni si erano guastati o erano stati presi a sassate dai ragazzini; la strada sembrava morta, se non fosse stato per qualche finestra da cui filtrava la luce dei televisori. Osservando la città di notte, Jules riusciva quasi a capire Brookman e la sua rabbia. O chinavi la testa e imprecavi sottovoce, o ti sfogavi su un paio di cabine telefoniche.

"Se soltanto" si sorprese a pensare "se soltanto succedesse qualcosa."

Sul sedile accanto, Brookman stappò una bottiglia di whisky e ne tracannò un lungo sorso.

— Ne vuoi?

— No grazie, sto guidando.

— Dai — insisté Brookman. — Guidi come uno sfigato. Ti serve un po' di fuoco nelle vene.

Cominciò a premergli la bottiglia sulla bocca, sempre piú forte, finché Jules dovette scegliere se inghiottire o

soffocare. Inghiottí: una sorsata abbondante e infuocata.
— Un affare — sogghignò Brookman. — L'ho fregata al negozio di liquori di Wallasey. Un paio di sorsi e ti senti davvero qualcuno. — Fece una pausa per tirare fuori le sigarette e poi aggiunse: — Acceleri o no? Vai come una lumaca.
Beech Street sbucava in Priory Lane, che saliva fino al complesso residenziale di Church Hill, dove abitava Steve Harper. Piú oltre c'era soltanto la miniera, che torreggiava sulle case nera e imponente, simile allo scheletro dimenticato di un dinosauro. In cima a Priory Lane, Brookman gli passò di nuovo la bottiglia.
— Tienila tu, Jules. Ci scambiamo di posto — disse. — Fammi sedere dietro quel volante, e ti faccio vedere come si guida *sul serio*. Roba da Formula Uno.
— Ah-ah.
— Non stiamo mica facendo uno stramaledetto giro turistico.
— In ogni caso — disse Jules, accostando al marciapiede — mi piacerebbe tornare a casa tutto intero.
Brookman scoppiò a ridere. In effetti, piú che una risata era una specie di sbuffo divertito, ma bastò a far sentire Jules un verme. Sembrava dire: sei fuori gioco, non riesci a tenere il passo. Tirò il freno a mano e uscí dall'auto, immergendosi nella luce ambrata dei lampioni. Brookman era già sceso e si era seduto sul cofano con una sigaretta accesa fra le labbra, calciando ritmicamente con un tacco dello stivale la vernice e staccandone frammenti di ruggine. Jules ebbe l'impressione che la Vauxhall avesse avuto innumerevoli incidenti; ancora una botta, e si sarebbe sgretolata come un castello di carte.
Poi alzò lo sguardo oltre Church Hill, verso il profilo della miniera. Anche a quella distanza le tozze sagome dei pozzi gli ispiravano un vago senso di paura. "Come le rovine di un castello stregato" pensò, e poi si chiese perché gli venissero in mente certe idee.

Dieci o dodici anni prima (suo padre lo avrebbe saputo con esattezza) una galleria sotterranea era stata invasa dall'acqua, intrappolando e uccidendo una decina di minatori o forse piú, e la maggior parte dei corpi non era mai stata recuperata: si trovavano ancora laggiú da qualche parte, polvere nella polvere. Quella miniera aveva una lunga storia d'incidenti, però mai abbastanza gravi da farla chiudere. Se alla fine l'avevano fatto era solo perché lavorava in perdita, e adesso sembrava il piú grande e bizzarro monumento funebre della storia.

Brookman finí la sigaretta e la schiacciò sotto il tacco, dopodiché si piazzò al posto di guida. Passando, diede uno spintone a Jules.

— Hai intenzione di stare lí tutta la notte?

— No. Scusa. Pensavo... — Jules fece il giro dell'auto e si sistemò dall'altra parte.

— Qui sta la differenza tra me e te — sogghignò Brookman. — Tu pensi e io agisco. Se continui a pensare tanto, rimedierai soltanto un sacco di diplomi. Avanti, Jules, accomodati e goditi il viaggio.

In silenzio (non c'era motivo di mettersi a discutere) Jules sbatté lo sportello e agganciò la cintura di sicurezza. Gli girava la testa, cosí bevve un altro sorso di whisky nella speranza di schiarirsi le idee, pur sapendo che avrebbe soltanto peggiorato le cose.

D'un tratto cominciò a riflettere sulla situazione: beveva, andava in giro senza patente su un'auto rubata, tracannando whisky da una bottiglia rubata, anche se in realtà non era quello che voleva. Forse in tutto questo c'era qualcosa di eccitante, ma alla fine era la paura a prevalere. Se i suoi l'avessero scoperto, sarebbe stata la fine; se la polizia li avesse beccati, sarebbe finito in guai seri.

Ma Brookman stava schiacciando l'acceleratore a tavoletta, divertendosi a ululare alla luna, e Jules sapeva di non poter piú tornare indietro, di non poter fermare quella corsa terrificante a meno che l'auto non si rompesse... o peggio. Ingollò un altro sorso di whisky, sperando che servisse a calmargli i nervi.

Con una curva secca, Brookman svoltò in Church Hill, una via stretta fiancheggiata dA case. Le auto parcheggiate su entrambi i lati costringevano gli automobilisti a rallentare e innestare le marce basse, ma Brookman stava facendo i settantacinque, forse gli ottanta, quando dal nulla sbucò un altro paio di fari e puntò dritto su di loro.

"Oh-oh" pensò Jules. "Prendimi ora, Morte, prendimi ora."

Sentí la propria voce balbettare. — I freni! Frena! Fre...

— Al diavolo i freni — gridò Brookman, stringendo piú forte il volante. L'altra auto doveva essersi fermata: il clacson strepitava e il conducente sbraitava insulti dal finestrino, ma lo scontro non c'era stato. Brookman continuava a guidare come un pazzo, però sul marciapiede.

— Hai visto come mi sono infilato in quel passaggio? — si vantò.

Jules chiuse gli occhi e li coprí con le mani, come per proteggerli. Per un po' ascoltò il ruggito del motore e il suono del clacson allontanarsi alle loro spalle. Quando osò guardare di nuovo, ebbe la sensazione di essere emerso da un sogno: erano fuori da Church Hill, di nuovo sulla Priory Lane. La paura e il whisky avevano fatto aumentare il ronzio che sentiva in testa. Le luci in fondo a Priory Lane erano confuse e fioche, deboli macchie giallastre, e la città sembrava buia, sfocata.

Ma non c'era qualcos'altro? Qualcosa che non riusciva a identificare? Forse era colpa dell'alcol che aveva nel sangue, ma ebbe l'impressione che tutto fosse rallentato: il battito del cuore, il respiro, persino la guida folle di Brookman. Lanciò un'occhiata al tachimetro: era fisso sugli ottanta. Eppure tutto sembrava muoversi al rallentatore. Qualcosa... qualcosa non andava per il verso giusto.

Stava abbassando un finestrino per far entrare un po' d'aria, sperando che l'aiutasse a liberarsi da quella sensazione, quando Brookman si girò verso di lui. Non sorrideva piú.

— Lo senti anche tu? — gli domandò. — È come se l'auto andasse piú liscia, o qualcosa del genere. Piú lenta. Come se scivolassimo. Su questa strada devono esserci un centinaio di buche, e non ne sento neanche una.

Jules annuí, sollevato. — Credevo che fosse una mia impressione...

— *Jules*? — Stavolta, mentre l'auto puntava verso West End Lane, la voce di Brookman aveva un tono ansioso. — Hai visto?

— Visto cosa?

— Quanti chilometri segnava il cruscotto, quando l'abbiamo rubata?

— Migliaia. Piú di centomila.

— Be', ora non piú. Vedi? — Indicò il contachilometri. — Zero. Nisba. Niente. Che ne pensi?

Jules guardò il cruscotto e rabbrividí, come se avesse appena sentito un chiodo scorrere su una lavagna. Il mondo continuava a scivolare accanto a loro, al rallentatore.

— E senti questa — continuò Brookman, mentre svoltavano in West End Lane. — La leva del cambio è sbagliata.

— Sbagliata? Che vuoi dire?

— Diversa.

— Ah.

— E la frizione è piú sensibile. Sembra piú nuova.

— Che hai combinato? — esclamò Jules, pur sapendo che Brookman era sbalordito quanto lui.

"Il buio" pensò aggrappandosi a quella possibilità. "Il

buio, il whisky e la notte contribuiscono a creare delle illusioni; tutto qui, sicuramente è tutto qui."

Ma subito gli venne un altro pensiero: "Chi vuoi prendere in giro? Tutto questo... sta succedendo realmente, vero?"

— Senti qua — esclamò ancora Brookman. — Questa maledetta carretta *è* piú nuova. Meglio accostare e...

— Gradirei che non la chiamassi carretta — interloquí una voce.

Jules si girò di scatto, lanciando un'occhiata nell'oscurità. Quella non era la sua voce, e nemmeno quella di Brookman. Quella voce era...

Forse la radio. Forse c'era una radio installata nel cruscotto, e loro l'avevano accesa per sbaglio. Ma non era possibile, perché...

— Fai pure. Accosta, Dave Brookman — mormorò la voce.

Proveniva da dietro di lui: poteva quasi sentirne sul collo il fiato sussurrante. Per quanto glielo permetteva la cintura di sicurezza, si voltò a scrutare il sedile posteriore, pur sapendo che l'ultima cosa che desiderava era vedere cosa c'era là dietro.

Seduta alle sue spalle, la sagoma scura e senza faccia di un uomo si stagliava contro il lunotto posteriore. Anche se non riusciva a distinguerne i lineamenti, s'immaginò le labbra sogghignanti sui denti bianchi.

Brookman rallentò e si fermò davanti alla scuola e alla buia distesa del terreno edificabile.

— Mi dispiace, signore — cominciò. — Mi dispiace di avere parlato male della sua auto, ci dispiace di averla presa, gliela stavamo riportando, davvero, mi scusi...

— No, Dave — lo interruppe l'uomo-ombra, sempre a voce bassa — non credo che ti dispiaccia. Credo che tu abbia paura, ma non che tu sia dispiaciuto.

— La... la conosco? — chiese Brookman, gli occhi fissi sullo specchietto retrovisore.

— No, ma io conosco *te*, Dave Brookman. E anche *te*, Jules Dwyer. Non avevi niente di meglio da fare, Jules?

Dapprima Jules non riuscí a spiccicare parola; gli sembrava di avere le vene piene di ghiaccio e il cervello di domande. Chi era, quell'uomo-ombra che conosceva sia lui sia Brookman? Era sempre stato lí, addormentato o raggomitolato sul sedile posteriore fin da quando avevano prelevato l'auto fuori dal Red Lion? Era assurdo, ma si sarebbe proprio detto che si fosse materializzato lí dov'era, sbucando dal nulla come uno spettro senza catene.

Lanciò un'occhiata di soppiatto all'amico. Brookman, l'impavido Brookman, sedeva rigido come un palo, trattenendo il fiato. Avrebbero potuto darsela a gambe, ma dal momento che Brookman sembrava raggelato quanto Jules, la cosa era fuori questione.

— Lei non... — balbettò Jules — non ci farà niente, vero?

Per un lungo momento si sentirono soltanto il silenzio, il respiro dell'uomo e il suono di una risatina sinistra; Jules aveva il cuore che gli rimbombava nelle orecchie.

— Voglio che scendiate dall'auto, tutt'e due — disse la voce. — Credete di potercela fare?

— Penso che sia un'idea magnifica — esclamò Brookman, entusiasta.

Le cinture di sicurezza scattarono, gli sportelli si aprirono e la bottiglia di whisky finí in strada, spaccandosi; e poi furono fuori, con l'uomo-ombra che torreggiava su di loro indistinto, alto e magro accanto all'auto.

Jules cercò di deglutire ma non ci riuscí. Guardò prima Brookman, poi l'uomo e infine l'auto: non credeva ai propri occhi. Quella sarebbe dovuta essere una Vauxhall ammaccata e arrugginita, e invece no, invece era una lucente, argentea, fiammante...

— *Cristo*, Jules — balbettò Brookman — è una Mercedes, una stramaledetta Merc...

— Ti piace? — domandò la sagoma dello sconosciuto. — Allora dovresti trattarla con un po' di rispetto. Non è mica una carretta.

— Ma lo *era*! — gridò Dave Brookman. — Era una stramaledetta *Vauxhall*! Senta, sono impazzito o cosa?

— No, Dave, non sei impazzito.

— Allora come ha fatto? Come ha potuto trasformare una stramaledetta carretta in... in questa?

L'uomo rimase immobile e muto, respirando a pieni polmoni con la faccia rivolta al cielo. Forse stava ascoltando qualcosa, anche se si sentiva solo il remoto ronzio del traffico e una lattina di Coca sferragliare lontana in un rigagnolo. Per qualche istante ogni cosa sembrò fermarsi in attesa della sua risposta, e infine l'uomo si voltò verso Brookman e sorridendo disse: — Posso fare tutto quello che vuoi.

— Tutto?

— Assolutamente tutto.

— Forse è lei il matto — disse Brookman dopo un momento di riflessione. — Forse siamo tutti impazziti.

— Se preferisci vederla cosí... — L'uomo si diresse a passi misurati verso il posto di guida. — Ma prima questa *era* una Vauxhall e ora non lo è piú. Giusto?

— Giusto — ammise Jules. — Allora, come ha fatto?

La sola risposta fu un sorriso sinistro che Jules non vide ma riuscí a percepire. Quando l'uomo aprí lo sportello, Jules ci riprovò. — Chi... chi è lei?

Stavolta la sagoma esplose in una risata potente e rauca che si propagò tutt'intorno, gelida come brina. Una risata che Jules avrebbe risentito in sogno quella notte, una risata che lo inseguí anche mentre correva lontano dalla Mercedes e attraversava la strada, diretto verso il terreno fabbricabile, una risata che continuava a rimbombare mentre dietro di lui l'auto ripartiva a gran velocità e spariva da qualche parte nel buio in West End Lane.

Non si voltò a controllare se Brookman lo seguiva; continuò semplicemente a correre, sempre piú forte. Era certo di non avere mai corso tanto veloce in vita sua.

Rallentò solo quando sentí una fitta al fianco, e la testa pulsargli a ritmo del cuore. Ma ormai si era lasciato il peggio alle spalle; le luci di quello stupido Mount Temple Mount non gli erano mai sembrate cosí calde, invitanti, accoglienti. Lentamente, molto lentamente, cominciò a calmarsi.

Si diresse verso Mount Temple Crescent barcollando e premendosi una mano contro il torace, la testa gremita di strane domande.

"Quand'è che una Vauxhall non è una Vauxhall?"

"Quando è un... quando è un..."

"Jules, *devi* essere fuori di testa."

Finalmente raggiunse il cancello, si frugò in tasca alla ricerca della chiave della porta sul retro e imboccò il vialetto di casa. Nell'oscurità, rischiò d'inciampare su qualcosa di duro e metallico che era rimasto fuori e che gli rotolò dietro sferragliando. Lottò per riprendere l'equilibrio, imprecando sottovoce. "Laurie! Quante volte bisogna ripeterle..."

Non importa. Represse la collera. "Sei a casa, Jules, sei a casa. Anche tu lasciavi sempre in giro le cose."

Aprí la porta, entrò in cucina e accese la luce: la lampada fluorescente gli ferí gli occhi. Con la mano ancora sulle costole, aprí il frigo, tirò fuori una bottiglia di latte e se ne versò un bicchiere. Bene, adesso era piú calmo. Ne bevve un sorso e mise via la bottiglia. Dal soggiorno arrivava il suono soffocato della tivú: probabilmente, suo padre guardava un film. Pensò d'infilare dentro la testa per dirgli ciao, ma poi cambiò idea. Se gli avesse chiesto com'era andata la serata, che avrebbe potuto rispondere? No, meglio puntare direttamente al letto.

In fondo alla cucina fece per spegnere la luce, ma si soffermò notando alcune macchie bruno-rossastre sul linoleum. Se fosse stato meno stanco, si sarebbe chiesto come mai somigliavano tanto alle impronte di un animale... di un piccolo mammifero; e si sarebbe chiesto se quel rosso fosse per caso sangue gocciolato da una ferita.

E invece, sopraffatto dalla stanchezza, spense la luce.

Capitolo quarto

Era venerdí, anche se aveva tutta l'aria d'un lunedí, una di quelle giornate con due ore di francese e due di fisica. La radiosveglia squillò, strappandolo al sonno e scaraventandolo nel consueto torpore da otto del mattino. Per un po' rimase a poltrire fra le lenzuola, e poi gli tornò in mente la notte precedente: la folle corsa con Brookman al volante, lo spettro ghignante sul sedile posteriore, le luci offuscate, la Mercedes scintillante.

Adesso sembrava tutto irreale e lontano come un incubo, indistinto ma ancora terrificante. Forse nel giro di qualche settimana sarebbe riuscito a dimenticarsene. Forse Steve Harper ci avrebbe capito qualcosa; dopotutto, era un fanatico di riviste tipo "Phenomenon" e "Altri Mondi" e si nutriva di quintali di horror e fantascienza. E se neanche lui fosse riuscito a trovare una spiegazione, sarebbe almeno stato disposto a crederci.

Per un po' continuò a rigirarsi nel letto, ma infine fu costretto ad alzarsi e vestirsi.

In cucina trovò sua madre carponi, che strofinava le macchie sul linoleum. Aveva appena compiuto quarant'anni e aveva qualche capello bianco e qualche ruga in piú, anche se gli anni non avevano ancora cancellato la sua bellezza. Era segretaria e stenografa nell'ufficio di una fabbrica, la Geest; quello era il lavoro per cui veniva pagata. Invece, per occuparsi di lui e di Laurie e rimettere ordine nel loro caos, lavorava gratis.

— Brutto cagnaccio — stava borbottando quando Jules entrò. — Guarda che disastro...

Jules si sedette a tavola. — Che cagnaccio? — chiese, ancora assonnato.

Sua madre sembrò accorgersi soltanto allora della sua presenza.

— Scusa, pensavo ad altro. Un bastardino che Laurie ha portato a casa ieri sera; niente collare, niente targhetta, niente. Le ho detto che potevamo tenerlo soltanto per qualche giorno, finché non gli avessimo trovato un posto dove stare. Non lo volevo in casa, ma Laurie ha piantato una tale bizza... — Si rialzò faticosamente. — Era cosí arrabbiata che alla fine ho dovuto arrendermi. Non ho avuto la forza di tenerle testa. Ti sei perso un bel divertimento...

Jules si versò in silenzio i cereali nella ciotola. "Ho già avuto la mia dose di divertimento" pensò.

— Be' — continuò sua madre, sedendosi a tavola — spero almeno che non abbia le pulci. Con i cani non si può mai sapere.

— Sai che Laurie non ti permetterà mai di darlo via — osservò Jules a bocca piena.

— Vedremo.

— Gliela dai vinta troppo facilmente. Sei già pronta a cedere.

Sorridendo, sua madre si versò del succo di frutta in un bicchiere. — Lascia che mi spieghi meglio. Vedremo se possiamo permetterci di tenerlo. Tuo padre sta parlando di prendere delle nuove scaffalature per il garage, di sostituire la frizione e lo scappamento dell'auto, e di comprare una doccia nuova per il bagno. Io ho bisogno di cambiare l'aspirapolvere e, se ce la facciamo, di un microonde. Bisognerebbe sostituire la moquette sulle scale e le piastrelle della cucina... In realtà avremmo bisogno di una casa nuova.

— In un'altra città.

— Perciò dovremo fare un po' di conti e poi decidere che cosa ne sarà di quel cane. Laurie è già alzata?

Jules si fermò e tese le orecchie... uno scricchiolio, un passo strascicato; era la nonna. Scosse la testa. — Vado a buttarla giú dal letto?

— Se vuoi.

Laurie, seduta davanti allo specchio del suo cassettone, si rimirava soddisfatta la faccetta dipinta. Quando Jules entrò, guardò senza voltarsi la sua immagine riflessa tra una maschera da strega, pagliacci con le braccia penzoloni e bambole con gli occhi truccati.

— Credevo che stessi ancora dormendo — disse lui. — Che combini, Laurie?

— Pensavo — rispose lei, seria. — Esprimevo un desiderio.

— Che desiderio?

— Di poter tenere Toby per sempre.

— Amen — commentò Jules, entrando. — Toby è soltanto uno stupido giocattolo, sai. Non credo che scapperà via.

Per un momento Laurie sembrò non ascoltarlo, persa nei suoi pensieri. Poi si voltò di scatto, ansiosa.

— *No* che non lo è. Non piú.

— Non è cosa?

— Non è un giocattolo.

— Certo che è un giocattolo — sbuffò Jules, sedendosi sul letto. — È imbottito di paglia, di gommapiuma o quello che è. Vuoi che gli apra la pancia, per provartelo?

— Gli cadrebbero fuori tutti i pezzi.

— Pezzi di *paglia*, Laurie.

Lo fissò coi grandi occhi pieni di rimprovero. — Non mi credi, vero? Non mi credi mai. Però non me lo sono inventato, Jules, davvero.

— E va bene, hai ragione tu. — Meglio lasciar perdere che sprecare la mattina a discutere. — Sei pronta per andare a scuola?

— Tra un minuto.

— Bene. — Si alzò e si diresse verso la porta. — A

proposito, dov'è quel bastardino di cui ho sentito parlare?

Sembrava una domanda abbastanza innocente, ma fece accigliare Laurie ancora di piú. Afferrò uno Snoopy sorridente e glielo tirò contro.

— E non è neanche un bastardo! Non è un giocattolo e non è un bastardo! Perché devi dirgli sempre cattiverie?

Jules si fermò, confuso.

Laurie batté le mani.

— Toby! — gridò. — Toby!

Sbuffando e raspando, da sotto il letto sbucò un terrier arruffato che le saltò allegramente fra le braccia e le poggiò la testa su una spalla, con la lingua penzoloni, perfettamente a suo agio. Però, quando Jules fece per accarezzarlo, digrignò i denti e ringhiò.

— Vedi? — esclamò Laurie. — Lo vedi che è vero?

— Altroché — ammise Jules. Su *questo* almeno non c'erano dubbi. Il cane si muoveva, ringhiava, respirava. Non aveva niente a che fare con la rigidità di Toby o con i suoi occhi fatti di due bottoni neri. Sembrava un cane qualsiasi.

— Non gli piaci — affermò Laurie. — Perché non credi che sia proprio lui.

Jules soffocò una risata. — E chi *sarebbe*, Laurie?

— Toby, naturalmente. Guarda.

Sollevò con delicatezza una zampa del cane e gliela mostrò.

Jules la fissò incredulo, sentendosi raggelare proprio come la notte prima, quando aveva sentito alle sue spalle la voce dell'uomo-ombra.

La zampetta era stata accuratamente bendata, ma una piccola macchia rossa aveva cominciato a filtrare attraverso la garza.

— Ora mi credi? — esultò Laurie, impettita come un uccellino che gonfia le piume. — Te l'avevo detto... Il signor Stands mi aveva promesso che Toby sarebbe tornato come nuovo. E aveva ragione!

Doveva essere una coincidenza, nient'altro; era impossibile credere a una cosa del genere... non se si teneva alla propria salute mentale.

— È impossibile — disse Jules a voce alta, parlando piú per sé che per sua sorella. — Cose del genere non possono succedere. Hai capito, Laurie? È impossibile.

Laurie scosse la testa, imbronciata. — Il signor Stands aveva detto che sarebbe successo, ed è successo. Ed è questo l'importante, vero, Toby?

Tra le sue braccia, il cane mostrò un palmo di lingua come per darle ragione.

Jules uscí dalla stanza con la testa che gli girava e a corto di argomenti. Per un momento si fermò in corridoio, cercando di concentrarsi.

E pochi istanti dopo, stava correndo.

Scese di corsa le scale, attraversò di corsa l'ingresso e la cucina.

Superò sua madre, ancora a tavola, e uscí di corsa dalla porta sul retro, con un nodo d'ansia che gli stringeva lo stomaco, quasi aspettandosi di trovare quello che in effetti lo aspettava.

Si diresse cautamente verso la buca della sabbia. Vide qualcosa di rosso scintillare al sole e si chinò per controllare.

La sera prima ci aveva inciampato, rischiando di cadere. Gli venne in mente il rumore che aveva fatto slittando dietro di lui nel buio. Sembrava un carrello, un carrellino in miniatura con quattro ruote.

Però non era esattamente un carrello, giusto? Nel giallo calore mattutino si sorprese a tremare in modo incontrollabile. Le ruote dipinte di rosso erano quelle di Toby; e spesso la mattina Laurie se lo trascinava dietro sul prato fingendo di portarlo a spasso, usando come guinzaglio una cordicella annodata alle ruote. Per quindici anni Toby era stato là sopra, immobile e fiero, le zampe inchiodate a quelle ruote. Era sopravvissuto bene; ne aveva passate tante.

Ma adesso non c'era piú.

Capitolo quinto

Invece di fare la solita strada per West End Lane, deviò passando dalla stazione e da Park Estate, dove Brookman abitava in una delle tante case bifamiliari in mattoni rossi e sporchi. Bussò tre, quattro, cinque volte, aspettò quasi dieci minuti seduto sul gradino davanti alla porta, ma non ricevette risposta. Le tende erano tirate; forse la casa era vuota, o forse dormivano tutti. Dalla buca delle lettere sporgeva un giornale, simile a una lingua.

Non era sicuro di cosa l'avesse spinto lí. Quando bussò la seconda volta, cominciò a chiedersi che cos'avrebbe potuto dire. Da dove cominciare? Laurie aveva perduto un cane giocattolo e ne aveva trovato uno vero, ma questo non significava che...

Non significava un accidente, zampa fasciata o no, a parte che la vivida immaginazione di Laurie stava diventando contagiosa. Forse la sua mente gli aveva giocato un brutto tiro; forse anche la notte precedente era solo frutto della sua fantasia... Nella fredda luce del giorno, l'idea di una Vauxhall che si trasforma per magia in una Mercedes sembrava assurda, proprio come quella di un cane giocattolo che non ha piú bisogno di ruote. E in effetti la sera prima *avevano* bevuto parecchio.

Un cane lupo cominciò ad abbaiare nelle vicinanze, facendolo sussultare. Aveva l'impressione che qualcuno lo stesse osservando, ma quando si voltò non vide facce che spiavano dalle finestre, né profili che si ritraevano nell'ombra. Alla fine, quando fu certo che nessuno gli avrebbe aperto, girò sui tacchi e se ne andò, quasi sollevato.

A metà della ricreazione mattutina trovò Steve Harper fuori dalla palestra. Steve usava il tempo libero in modo costruttivo: stava esaminando le ragazze che facevano lezione di pallavolo oltre le porte di vetro della palestra e, quando Jules gli batté una mano sulla spalla, sobbalzò come un criminale colto sul fatto. Dopo un istante si rilassò e gli rivolse un sorriso malizioso.

— Spero che sia importante — disse. — Non vedi che sto conducendo una ricerca per l'ora di sociologia sui meccanismi comportamentali dei miei coetanei?

— Ti serve un binocolo?

Oltre le porte della palestra, le scarpe da ginnastica stridevano sul pavimento lucido e le grida rimbalzavano tra le pareti, echeggiando nel corridoio.

— La tua ragazza è là dentro — aggiunse Steve. — Quella nuova. Sei sicuro che non vuoi farmi compagnia e confrontare gli appunti?

Jules scosse la testa, imbarazzato: il solo nome di Rachel bastava a intimidirlo.

— Non è la mia ragazza, scemo. Volevo raccontarti una cosa che mi è successa, una cosa strana. — Esitò e aggiunse: — Una cosa molto strana, in effetti.

— Allora sei venuto dalla persona giusta. Spara.

Dietro di loro, in palestra, si levarono delle grida: una squadra doveva avere segnato un punto o vinto la partita. Jules si fece forza e sputò il rospo... la comparsa dell'uomo-ombra sul sedile posteriore, il sorriso agghiacciante, la risata spaventosa. Raccontò tutto, e piú andava avanti piú si sentiva esausto e stupido. Invece Steve sembrava ipnotizzato. Quando Jules finí, emise un fischio ammirato. Finalmente, dopo un minuto che a Jules sembrò lunghissimo, disse: — Mi stavo proprio chiedendo perché avevi quella faccia da pollo spennacchiato.

— Be'? — sbottò Jules. — Che ne pensi?

— Non lo so. La storia di Toby potrebbe essere una coincidenza. Insomma, chiunque avrebbe potuto staccargli le ruote prima che tu le trovassi. Accidenti, mio padre aveva tirato su uno steccato nuovo per impedire che i teppisti calpestassero il prato e strappassero i fiori... e sai cos'è successo? Si sono portati via lo steccato! Cioè — si corresse — solo un pezzo.

Si allontanarono lentamente dalla palestra. Steve rimuginava mentre Jules contava l'eco dei loro passi, sentendosi le mani appiccicose e la testa imbottita d'ovatta.

— Però — concluse Steve, fermandosi fuori dagli spogliatoi — non si può mai dire...

— Non si può mai dire che cosa?

— Che cos'è realmente una coincidenza. A volte ho la sensazione che le coincidenze non esistano. Certe cose sono inspiegabili... anche per gli scienziati. — Scosse la testa, pensieroso. — Hai mai sentito parlare del Manitú?

— Che cosa?

— Manitú. L'ho letto su una rivista. Lo chiamano il "proteiforme", il "mutaforma"... è un antico spirito indiano. Non l'hai mai sentito nominare?

— No.

— Hai presente Jeckyll che diventa Hyde? O un vampiro che si trasforma in pipistrello? Be', è piú o meno la stessa cosa, tranne che i proteiformi possono assumere la forma di qualunque essere vivente... un corvo, un pipistrello, un gatto, un lupo, un'ameba, forse anche...

Di solito l'entusiasmo di Steve era contagioso, ma stavolta Jules non poteva condividerlo. — Non mi sembra che possiamo definire "essere vivente" un cane giocattolo montato su ruote — obiettò.

— Però fa riflettere, eh?

— Già, fa riflettere.

Steve sembrava avvilito. — Volevo dire soltanto che tutto è possibile; insomma, che non puoi fare finta di non avere visto, giusto?

Jules stava per rispondere, quando le porte della palestra si spalancarono e le ragazze uscirono sciamando, lucide di sudore, in magliette bianche e pantaloncini azzurri e scarpe da ginnastica; quando li videro fermi davanti al loro spogliatoio li fissarono insospettite. Alcune di loro si misero a bisbigliare, e Jules ebbe la netta impressione che stessero parlando di lui.

Per un po' le guardò uscire dalla palestra, poi lanciò a Steve un'occhiata tagliente. — Credi sia possibile che il tizio nell'auto sia lo stesso venuto a casa mia... quello che Laurie chiama Stands?

— Sicuro. Perché no?

— Non pensi che Laurie possa esserselo inventato?

— Perché avrebbe dovuto? Ti sei forse inventato quello nell'auto?

— No, però è diverso. Lo sai come sono i bambini, hanno sempre amici immaginari. A volte se li inventano perché hanno bisogno di compagnia, e pensavo che Laurie... — S'interruppe; affrettandosi verso lo spogliatoio, una ragazza l'aveva urtato. O forse non si stava affrettando. Jules ebbe la sensazione che si fosse fermata alle sue spalle e avesse lasciato passare avanti le altre. Steve la vide e la sua espressione cambiò. Quando Jules si voltò, scoprí che era Rachel, la nuova arrivata.

Aveva sentito tutto? Non che al momento la cosa avesse importanza. I suoi occhi erano piú bruni di prima, il suo sorriso piú dolce; c'era qualcosa di troppo giusto, troppo perfetto in lei, anche se lí per lí Jules non riuscí a capire che cosa.

— Scusa — disse Rachel. La sua voce era un po' piú profonda di quanto Jules si aspettasse, e priva di accento. — Non ho potuto fare a meno di sentire...

Jules le rivolse un sorriso sforzato, rigido come una

crepa nel gesso. Ma anche quando cominciò ad arrossire, la ragazza non sembrò notare il suo imbarazzo. Lo guardava dritto negli occhi, ignorando Steve Harper.

— Tu sei Jules Dwyer, vero?

— Già. — Era riuscito a parlare; almeno era un inizio. — E tu sei Rachel. Mi sono informato.

— Anch'io. — Scoppiò a ridere.

Jules la imitò, ma cominciò a ridere quando lei aveva già smesso e suonò goffo. Ebbe l'impressione che le pareti gli si stringessero attorno; stava esaurendo gli argomenti di conversazione.

— Non stavo origliando, credimi — continuò lei. — È solo che ti ho sentito fare quel nome... Stands. Be', penso di poterti raccontare qualcosa che t'interesserà. Credimi, è una persona vera. Conosci una certa Viv Parsons? Si è diplomata in questa scuola prima che arrivassi io.

— Non credo. Anche lei ha incontrato questo Stands?

La ragazza fece per rispondere, ma poi s'interruppe e si girò verso lo spogliatoio.

— Oggi è una giornata piena, ed è una storia lunga. Perché non ne parliamo piú tardi? — Il suo sguardo andò da Steve a Jules. — Vediamoci dopo la scuola. Potresti offrirmi un caffè.

E, prima che Jules avesse il tempo di balbettare una risposta, era già sparita negli spogliatoi. Steve lanciò un fischio ammirato.

— Questa è davvero un'offerta che non puoi rifiutare — esclamò, gli occhi ancora incollati alla porta.

— E chi ha intenzione di farlo?

Si diressero verso l'aula di biologia. — Cosa pensi che ne sappia, lei, di quello Stands? — domandò Jules strada facendo.

— E chi se ne importa? — Steve aveva stampati in faccia un sacco di pensieri maliziosi. — Quello che mi *interesserebbe* sapere è come hai fatto, Jules.

— Come ho fatto cosa?

— È stata la conversazione piú idiota che abbia mai sentito, un vero *schifo*... ma lei ti ha invitato a uscire lo stesso! Come hai fatto?

Stavolta Jules non dovette fare alcuno sforzo per sorridere. — Dev'essere una dote naturale — rispose.

Di solito, biologia lo divertiva. Perfino ora, a distanza di anni, ogni volta che si sedeva al suo banco in ultima fila ripensava a quando Dave Brookman era stato chiamato a sezionare un topo davanti a tutta la classe. Hewitt, l'assistente di scienze, avrebbe dovuto aspettarselo: chiamare Brookman era stato il suo primo errore. Il secondo fu lasciare l'aula per una pausa-sigaretta.

Jules sorrise fra sé ricordando l'espressione di Hewitt, richiamato in aula dalle urla delle ragazze, e Brookman, che sventolava un metro buono d'intestini di topo.

Brookman aveva rischiato l'espulsione, per quella bravata; aveva rischiato anche di piú con le domande che aveva fatto a lezione di educazione sessuale, ma del topo si ricordavano tutti. In effetti, Hewitt stava ancora cercando di scordarsene.

Ma oggi biologia lo divertiva meno del solito. A parte quel ricordo fugace (quanto tempo era passato? tre anni? di piú?), la sua mente continuava a divagare, allontanandosi sempre piú. Mentre Hewitt cantilenava la sua lezione, Jules cominciò a scarabocchiare soprappensiero sul quaderno una faccia d'uomo. Poi aggiunse allo schizzo una linea qua e una sfumatura là, fino a ottenere la faccia di un lupo mannaro.

Un'occhiata all'orologio lo informò che mancava ancora mezz'ora all'intervallo del pranzo. Il tempo sarebbe strisciato via a passo di lumaca, prima di rivedere Rachel.

"Com'è possibile" si chiese "che la ragazza dei miei sogni non solo si degni di guardarmi due volte, ma addirittura m'inviti a offrirle un caffè? E che cosa può sapere di cosí importante? In fondo, è appena arrivata in città." Di colpo provò la sensazione che niente fosse davvero come sembrava. Cosa gli stava succedendo? Che cosa stava succedendo alla sua città?

E finalmente, dopo un'altra quindicina di minuti, capí che cosa l'aveva particolarmente colpito quando gli si era fermata accanto, con la sua uniforme bianca e blu, dopo la ginnastica e prima di entrare nello spogliatoio: non era nemmeno un po' sudata. Com'era possibile, dopo quaranta minuti di partita di pallavolo in una giornata estiva?

Capitolo sesto

Rachel veniva da fuori città; era l'unica cosa che Jules sapeva per certo. E anche dopo venti minuti di conversazione non ne sapeva di piú. Parlava quasi sempre lei e la sua voce lo faceva sentire rilassato; parlava di alberi e cieli e fragranze estive come se fossero qualcosa di nuovo, ma quando cercò di farle qualche domanda personale, si agitò e s'irrigidí. Forse lo giudicava un ficcanaso. E forse lo era davvero.

Erano seduti al tavolino traballante di un bar sulla strada principale, Rachel con un giornale ripiegato davanti e Jules impegnato a spazzare via briciole inesistenti dalla tovaglia. Le pareti erano ricoperte di grasso, l'aria sapeva di hamburger bruciacchiati e fumo di sigarette.

— Mi piace qui — disse Rachel, guardandosi attorno. — Non sono mai stata in un posto cosí. Ha una certa... come dire?

— Personalità — suggerí Jules. — Vorresti dirmi che nel luogo da dove vieni tu non ci sono postacci del genere?

— Non come questo.

— Da dove hai detto che vieni?

— Non l'ho detto. — Rachel abbassò gli occhi sul giornale, ma senza vederlo. — È un posto piccolo... probabilmente non ne hai mai sentito parlare.

— Dove?

— Fuori città. — E scoppiò a ridere.

Jules stava cominciando a chiedersi se lo stesse prendendo in giro. Forse veniva da un posto perfino piú noioso di Eastfield e voleva soltanto scordarsene, ma perché tanti misteri?

— Scusa — riprese lei, alzando lo sguardo. — Non ti ho raccontato molto di me, vero? Ma non sono affatto interessante, credimi. E poi non siamo qui per questo, no? Vedi come mi faccio distrarre facilmente? — Si mosse inquieta sulla sedia. — In realtà non dovresti parlare con me, ma con la ragazza che me l'ha raccontato. Si chiama Viv Parsons, mi pare. L'ho conosciuta in un negozietto qui vicino. Volevamo lo stesso paio di jeans, ma alla fine ci siamo messe a chiacchierare. Ho subito avuto la sensazione che avesse voglia di confidarsi con qualcuno; aveva qualcosa in testa, qualcosa che la disturbava. Era come se avesse dentro tante cose da dire che quasi scoppiava. Praticamente stava per piangere. Cominciò a parlarmi di sua madre... aveva avuto un incidente orribile, qualcuno le aveva tagliato la strada e zac! era finita contro il parabrezza. Niente cintura di sicurezza. Da come me l'ha raccontato Viv, era già un miracolo che fosse ancora viva; quando finirono di operarla sembrava un mosaico di rammendi ed era in coma. L'auto era da buttare. Rimase in coma quasi due settimane. L'andava a trovare ogni giorno, ma i medici le dicevano che non sapevano quanto sarebbe durata. Ormai, Viv si aspettava il peggio...

Jules ascoltava in silenzio, affascinato, chiedendosi cosa c'entrasse quella storia con l'uomo descritto da Laurie o con lo spettro ghignante nella Vauxhall.

Rachel abbassò la voce a un sussurro, chinandosi sul tavolo per escludere i ficcanaso.

— E poi — continuò — piú o meno una settimana fa sua madre è uscita dal coma e le ferite hanno cominciato a rimarginarsi. Niente di strano, no? Succede di continuo, che la gente migliori e guarisca. Ma con lei è successo tutto *in una notte*. Un momento prima era fuori dal mondo, piena di tagli e lividi e mezza morta; e quello dopo era sveglia, le cicatrici stavano sparendo e lei scherzava con le infermiere... E poi Viv ha detto una cosa che mi ha molto colpito. Ha detto: «È stato lui a farlo.»

Seguí un silenzio imbarazzato, interrotto soltanto dallo sfrigolio degli hamburger sulla graticola, e per un momento Rachel sembrò sconcertata quanto Jules.

— Le hai chiesto che cosa voleva dire?

Rachel annuí. — Pare che in stazione, mentre aspettava il treno per andare in ospedale, abbia incontrato uno sconosciuto. Non gli aveva raccontato dov'era diretta o chi stava andando a trovare, ma lui sapeva tutto. E le ha detto che sua madre stava bene, che non doveva preoccuparsi... cosí, di punto in bianco. E vuoi sapere una cosa? Quel giorno stesso sua madre uscí dal coma. Zac! Come se si fosse svegliata da un sonno profondo. Come te lo spieghi?

"Le coincidenze non esistono" pensò Jules. Per un momento la fissò in silenzio, rimuginando, e poi ricordò un particolare della sera prima, qualcosa che gli strappò un'esclamazione.

«Posso fare tutto quello che vuoi.»

Aveva detto cosí, l'uomo-ombra, giusto?

«Proprio tutto.»

Ma c'era di piú. Qualcosa che Laurie aveva detto proprio quella mattina, stringendo tra le braccia il sosia di Toby:

«Il signor Stands ha detto che sarebbe successo ed è successo. Ed è questo l'importante, vero, Toby?»

Jules rabbrividí. Inutile cercare di negarlo. C'era davvero qualcosa che non andava. Non era tutto frutto della sua fantasia. Ma questo avrebbe dovuto farlo sentire meglio o peggio?

— Credo che tu abbia ragione — disse alla fine. — Stiamo parlando della stessa persona. E Viv l'ha rivisto?

La risposta era: sí. Pochi giorni dopo l'incontro alla stazione, la madre di Viv era stata dimessa dall'ospedale. Secondo i dottori era stato un miracolo.

E, mentre tornavano a casa, la madre di Viv le aveva confidato una storia che l'aveva fatta impallidire; qualcosa di impossibile da credere o accettare, ma terrificante. Le aveva detto che, mentre era in coma, era venuto a trovarla un uomo. Un uomo che sorrideva in modo misterioso, vestito di stracci: però era gentile, e le aveva sussurrato che presto sarebbe stata meglio, che sarebbe guarita. «Mi rivedrai» le aveva detto «contaci.»

E l'aveva rivisto?

Sí, un paio di giorni dopo essere stata dimessa dall'ospedale. Viv stava tornando a casa dopo la sua visita settimanale all'ufficio di collocamento; aveva lasciato la madre con le amiche, a godersi uno dei loro soliti tè a base di focaccine e chiacchiere. Ma quando era rientrata, aveva scoperto che in casa c'era anche lo sconosciuto, ed era l'anima della festa. Forse sua madre l'aveva invitato di nascosto, o forse si era presentato senza essere stato invitato. Comunque, Viv non aveva fatto domande. Si era sentita un'estranea in casa propria. Appena si erano accorti di lei, avevano cominciato a parlare a voce bassa, senza invitarla a unirsi a loro. Che cosa stavano architettando?

— Le tue ipotesi sono buone quanto le mie — disse Rachel, appoggiandosi allo schienale. — Ma, di qualunque cosa si tratti, è una storia davvero spettrale.

— Perché spettrale?

— Perché la madre di Viv e le sue amiche appartengono tutte alla stessa chiesa... una chiesa spiritista. Non so come si chiami esattamente, ma...

— In città c'è soltanto una chiesa spiritista e non ha nome — rispose Jules. — La sede è una casa trasformata in chiesa, vicino alla stazione. E allora? Credi che vogliano convertire quel tizio?

— Non lo so, ma ho scoperto un'altra cosa. Sai chi è la madre di Viv? Hai mai sentito nominare Ruth Parsons?

— Ruth... Parsons. — Ci pensò su: gli sembrava un nome vagamente familiare.

— È una chiromante — continuò Rachel. — È anche il capo della sua chiesa, ma la sua attività principale è predire il futuro, leggere le carte, scrutare nella sfera di cristallo eccetera. Viv dice che guadagna abbastanza da viverci, ma che lo fa anche per raccogliere soldi per la chiesa. Ogni volta che c'è una fiera, lei sistema la sua bancarella, si mette al lavoro e i soldi piovono.

— Hai proprio fatto un'indagine come si deve.

— Mi ha raccontato quasi tutto Viv. È preoccupata, forse a ragione. Crede che quel tizio stia usando sua madre, ma non sa come. — Dopo una pausa, aggiunse: — Senti, la mia è solo un'ipotesi, ma... che giorno è dopodomani?

— Domenica.

Rachel sospirò. — E io dovrei essere la nuova arrivata! Sí, è domenica, e poi?

Per un momento Jules la fissò perplesso... e poi ricordò.

— Domenica è il primo giorno della settimana della fiera.

— Giusto. Non c'è bisogno di essere Sherlock Holmes. Ci sono i manifesti in tutta la scuola, e anche in molte vetrine. Come ho detto, la mia è soltanto un'ipotesi, ma scommetto che Ruth Parsons ci sarà, e se c'è lei...

— Ci sarà anche lui?

— Chi lo sa? Potrei sbagliarmi. Ma anche se lui non si facesse vedere, potrebbe essere comunque una giornata piacevole... — Lo fissò sorridendo. — Purtroppo, essendo appena arrivata in questa città, non so con chi andarci.

— Affare fatto! — esclamò Jules.

Rachel scoppiò a ridere.

Se ne andò cinque minuti dopo. Jules la guardò allontanarsi sentendosi piacevolmente stordito, come se fosse appena sceso dalle montagne russe. Era stata lei a dargli la caccia, non lui. Non aveva fatto altro che starsene seduto lí ad aspettare che Rachel facesse il primo passo; era come un sogno diventato realtà. Un desiderio esaudito.

"E tutto per via dello sconosciuto" pensò. Se quello straniero non fosse entrato nelle loro vite, lui e Rachel non avrebbero mai avuto occasione di parlarsi.

Rachel si era dimenticata il giornale. Era ancora sul tavolo, ripiegato con cura. Prima di andarsene anche lui, Jules lo prese e se lo infilò in tasca. Poteva sempre restituirglielo domenica.

Uscí dal bar e si diresse verso casa, sperando che durante la sua assenza non fosse successo nient'altro.

Capitolo settimo

In cima alle scale, una figura curva emerse da una stanza, cosí silenziosa che Jules le andò quasi a sbattere contro. Una mano pallida e coperta di macchie, dalle nocche sporgenti e dalle dita ossute, gli afferrò il polso. Quando la figura parlò, la voce somigliava a un gracidio.

— Le talpe sono inquiete — disse la voce. — L'ho sentito alla radio. Le stagioni stanno cambiando, giovanotto.

— Ciao, nonna — replicò Jules. — Hanno detto proprio cosí?

— Già. Ci ho pensato e ripensato, e so che hanno ragione. Qualcosa sta cambiando. Lo sento nell'aria. Sta arrivando qualcosa, sai.

— Eh, sí, forse hai ragione — assentí Jules, cercando di liberarsi dalla stretta.

A volte non si capiva bene che cosa volesse dire la nonna, ma quando parlava bisognava ascoltarla comunque. In fondo, non chiedeva altro che qualcuno le prestasse un po' d'attenzione.

— Sei stato a scuola?

— Sí.

— E adesso sei tornato a casa?

— Come hai fatto a capirlo?

Con l'età era diventata un po' confusa, bisognava avere pazienza. Lo lasciò andare e si diresse verso il bagno, strascicando i piedi.

— Mi piacerebbe fare un giro — disse. — Un cambiamento, vedere qualche faccia nuova. Non è divertente restare soli tutto il giorno, mentre voialtri siete al lavoro o a scuola.

— Vediamo se riusciamo a organizzare qualcosa — le gridò dietro Jules. — Ne parlerò con papà: potremmo fare una gita o qualcosa del genere.

Ma la nonna non doveva averlo sentito, perché adesso stava borbottando: — Ricorda quello che ti ho detto. Le stagioni stanno cambiando; questa sarà un'estate strana. Spero solo che non mi faccia male alle ossa...

La porta del bagno si chiuse alle sue spalle.

A volte Jules provava pena per lei. Doveva sentirsi in trappola ogni volta che la famiglia era fuori, e nessuno le aveva mai offerto la compagnia di cui aveva realmente bisogno. Per lei la cosa migliore sarebbe stata vivere con persone della sua età, che avrebbero potuto dedicarle tutto il tempo del mondo. Sua madre s'impegnava al massimo, ovviamente le voleva molto bene, ma era duro lavorare dalle nove alle cinque e poi occuparsi della nonna. Però ormai faceva parte della famiglia: che altro si poteva fare?

Prima di andare in camera sua, Jules cercò Laurie. Non era in casa, anche se doveva essere uscita da scuola da almeno due ore. Forse mamma l'aveva portata con sé per fare qualche spesa dell'ultimo minuto, prima che i negozi chiudessero.

Sbirciò dalla porta e subito notò la bambola che cammina-parla-e-fa-pipí, quella con la faccia coperta da finte macchie di varicella. Laurie l'aveva tirata fuori dal cesto della biancheria e l'aveva messa a sedere sul letto; i vuoti occhi di plastica scintillavano nella luce che filtrava dalle tende. Aveva le braccia tese, come se cercasse di afferrare qualcosa, e per un istante Jules quasi si aspettò che si mettesse a parlare. Naturalmente non accadde.

Stava per uscire, quando sentí il respiro. Si bloccò accanto alla porta e scrutò la stanza. I mobili erano ricoperti di bambole e pupazzi, ma non c'era segno di movimento. Che Laurie volesse giocare a nascondino? La brezza gonfiò le tende, facendo galleggiare nell'aria granelli di polvere. Sentí ancora il respiro... proveniva da sotto il letto.

— Laurie?

Dapprima, silenzio. Seguito da un raschiare sulla moquette. Ci riprovò.

— Laurie?

Ma sotto il letto non c'era Laurie; c'era il bastardino. Avrebbe dovuto capirlo subito, ma quando cominciò a ringhiare ne fu certo. Però non venne fuori e a Jules non interessava aspettare che lo facesse. Chiuse la porta e andò in camera sua.

I rumori fiochi della nonna che si muoveva per casa non l'avevano mai infastidito; era abituato ai suoi scricchiolii e ai suoi gemiti. Ma per qualche motivo non gli piaceva l'idea di stare accanto a quel cane e ai suoni che produceva. Non gli piaceva affatto.

Capitolo ottavo

La notte era rischiarata da un quarto di luna. Jules si addormentò, e sognò. Poi nuvole cupe attraversarono il cielo nascondendo la luce.

Non sapeva da quanto durasse quel viaggio in auto, ma gli sembrava già eterno. Le strade erano piú strette, piú buie di quanto ricordasse; qualcuno aveva spento i lampioni, anche se i catarifrangenti scintillavano ancora debolmente, formando una linea punteggiata. Ma dov'erano le luci delle case? E da dove proveniva quel suono, piú intenso del fragore delle fabbriche? Aveva la sensazione di trovarsi in un tunnel.

Chi guidava?

Accanto a lui, Rachel si lasciò sfuggire un gemito sommesso, ansioso, e gli strinse piú forte la mano. Lo stridore e il cigolio di macchinari aumentarono.

— Dove andiamo? — chiese Rachel.

— Non lo so — rispose Jules — ma dovunque sia, non ho certo fretta di arrivarci...

Il buio si fece cosí fitto che sembrava possibile allungare una mano per afferrarne una manciata. Era come quando salivi sul trenino dell'orrore alla fiera: lí, però, tutto finiva prima ancora che ti rendessi conto d'esserci stato, mentre stavolta non c'era una fine, soltanto tenebre sempre piú dense.

E tutto quel frastuono non proveniva da chissà dove,

come Jules aveva creduto in un primo momento, ma dal loro stesso veicolo: uno stridio, un clangore di metallo su metallo. Non si trovavano su un'auto, allora.

Di fronte a sé, Jules intravide la sagoma del conducente.

— Che cos'ha in mente? — protestò. — Fermi *subito* questa carretta e ci faccia scendere!

Ma il conducente non gli badò. O forse, con tutto quel rumore, non ci aveva fatto caso.

— Non ha sentito? — intervenne Rachel. La sua stretta era cosí forte da fare intorpidire la mano di Jules. — Ci faccia scendere subito...

— Ma chi si crede di essere? — aggiunse Jules.

Finalmente il conducente si voltò, e la luce li investí.

Era Stands, l'uomo-ombra, e sogghignava. E in lui c'era qualcosa di orribilmente sbagliato.

— E *tu* chi credi che io sia? — replicò.

Sulla sua fronte, quasi completamente in ombra, un terzo occhio scintillò di un'aspra luce bianca, cosí violenta da costringere Jules a socchiudere i suoi. Soffocò a stento l'impulso di gridare, ma sentí l'urlo di Rachel echeggiare nell'oscurità. Era come se nella fronte del conducente si fosse aperta una voragine in fondo alla quale ardeva una pallida luce spettrale. Poi l'uomo inclinò la testa e finalmente Jules riuscí a distinguere la faccia che stava sotto quel terzo occhio; e non era affatto una faccia, no, era diversa da ogni altra che Jules avesse mai visto. Somigliava a un teschio, vivo e ghignante. La faccia di un fantasma mostruoso tornato in vita.

L'uomo-ombra rise, e la sua risata suscitò centinaia di echi irridenti.

Quando l'eco svaní, Rachel sussurrò: — La prego, ci faccia scendere. Vogliamo andarcene da qui...

— Non vogliamo venire con lei — protestò Jules.

— Non avrete intenzione di piagnucolare tutta la notte? — replicò l'uomo-ombra. — La smettete di frignare? Non vi ho forse dato quello che volevate?

— Finora, l'unica cosa che lei mi ha dato sono i brividi.

— Sbagliato, Jules, sbagliato. Fino a qualche giorno fa non trovavi che la vita qui fosse noiosa e deprimente? Non speravi che qualcosa cambiasse? Non è forse questo che desiderano tutti i tuoi concittadini? Be', Jules, io sono l'uomo giusto. Sono colui che cambierà ogni cosa.

Per alcuni secondi Jules rimase senza parole. Il fragore delle macchine gli aveva annebbiato il cervello. Lanciò un'occhiata a Rachel, ma non riuscí a vederla; sentiva soltanto la stretta della sua mano.

Infine disse: — Io non voglio niente da lei.

— A volte — sussurrò il conducente — bisogna pensarci bene, a queste cose. Forse io ho esaudito i tuoi desideri piú *segreti*; dei quali non eri consapevole. — Mosse la testa, e la luce diventò accecante. — Tu non apprezzi i miei sforzi, ecco tutto. Pensa alla città dove vivi, Jules. Non è che un vicolo cieco. Sta morendo. C'è una sola cosa da fare, con posti del genere: bruciarli, raderli al suolo, seppellirli. A meno che...

— A meno che?

— A meno che io non riesca a cavarne fuori qualcosa. Credimi, Jules, io posso fare rinascere questa città, ricostruirla, se è questo che i suoi abitanti desiderano. Nessuno vuole vederla morire e scomparire, vero? — Gli rivolse di nuovo un sorriso spettrale. — E ti dirò un'altra cosa. Quello che hai visto finora... è niente. Non ho ancora cominciato!

Di colpo l'oscurità si fece piú densa delle sabbie mobili. Non c'era altro che tenebra; il buio, la stretta della mano di Rachel e il fragore metallico intorno a loro.

— Lei è pazzo — gridò Jules. — Nessuno le darà retta! Nessuno la vuole qui!

L'uomo-ombra scoppiò in una risata di scherno. — È questo che pensi? Allora guardati attorno, Jules, guarda!

Jules si costrinse a guardare, mentre intorno a lui la risata cresceva, sempre piú beffarda.

Cercò di urlare, ma la paura lo soffocò. Dovevano essere dieci o quindici, rannicchiati nell'ombra dietro di lui... era impossibile dire quanti. Dieci o quindici forme scure ricambiarono il suo sguardo. I loro occhi erano come quelli del conducente: abbaglianti occhi da ciclope che lo fissavano emettendo una spettrale luce bianca.

— Vedi quanti sono, già? — stava dicendo il conducente. — E questo è solo l'inizio, Jules, solo l'inizio!

Ma Jules non poté rispondere. Non riusciva a staccare lo sguardo da quelle figure. Si stavano avvicinando sempre piú, insidiose e mute. La luce del loro terzo occhio ardeva; il fragore era assordante; la sua mano era stretta in una morsa sempre piú forte...

Si svegliò. La sua camera era immersa nella fredda luce della luna.

Qualcosa – un sogno? – l'aveva fatto svegliare di soprassalto, ma l'aveva subito dimenticato. Aveva dormito sulla mano, che adesso gli formicolava e sembrava punzecchiata da mille aghi. La tirò fuori dalle coperte e la mosse finché gli tornò la sensibilità. Le tende erano gonfiate dalla brezza notturna, ma era troppo distratto per farci caso.

Lo sferragliare lontano di un treno, o qualcosa del genere, gli conciliò nuovamente il sonno.

Capitolo nono

Era domenica mattina, il cielo era di un azzurro cristallino, ed era l'inizio della settimana della fiera. La settimana che tutti a Eastfield aspettavano.

Jules stava per sgusciare fuori casa in silenzio quando sua madre lo richiamò.

— Non cosí in fretta, caro, devo parlarti. — Aveva quell'espressione perplessa e stupita che le aveva visto l'aprile precedente, quando i suoi datori di lavoro le avevano concesso l'aumento nel quale ormai non sperava piú. — Cosa mi dici di questo?

Ai piedi delle scale c'era un aspirapolvere nuovo di zecca.

— E di questo?

Sul ripiano della cucina spiccava un forno a microonde che sembrava appena uscito di fabbrica.

— Se è uno scherzo non lo trovo affatto divertente — concluse.

Lí per lí, Jules non seppe che dire. Aveva altro per la testa: Rachel, la fiera e, soprattutto, Stands. Si fermò sulla soglia della cucina con le mani in tasca, e si strinse nelle spalle. — Hai comprato un paio di cose nuove. E allora? Non capisco.

All'altro capo della cucina, suo padre succhiava il cannello della pipa. — Vedi? — disse, sbuffando una nuvola di fumo. — Non ne sa piú di me. Te l'avevo detto. *Ora* ci credi, che io non c'entro con questa storia?

— No. Adesso credo che ci siate dentro tutti e due.

— Dentro cosa? — domandò Jules. Per tutta risposta, sua madre incrociò le braccia e raddrizzò le spalle.

— O volete farmi credere che queste cose si siano *materializzate* dal nulla?

— Te l'ho già detto... — cominciò il padre di Jules, ma poi si arrese: — Oh, lascia perdere. Credi quello che vuoi.

— Intanto non possiamo permettercele. Ho visto il nostro ultimo estratto conto. E dicevi che avevamo già troppe spese. So che è un gesto carino e che l'hai fatto per me e lo apprezzo, davvero, ma avresti dovuto dimostrare piú buon senso.

— Su, fammi vedere le ricevute. — Il padre di Jules le puntò contro la pipa. — Fammi vedere le carte che avrei dovuto firmare e io ritiro tutto; anzi, ti farò le mie scuse.

Jules represse uno sbadiglio. Giocavano a scaricabarile, come al solito. Non era la prima volta. Adesso sua madre si stava rilassando, perché era chiaro che quei regali le avevano fatto piacere, ma era ovviamente spaventata dal loro prezzo. Alla fine riuscí a sorridere. — A volte — disse, rivolta a Jules — tuo padre è davvero impossibile.

Suo padre era curvo sul lavello: aprí un rubinetto, regolò il flusso, lo richiuse. — Hai un bel coraggio a lamentarti, però — disse — con tutti i problemi che avrai avuto a montare gli scaffali e il piano da lavoro in garage.

Lei lo guardò esterrefatta. — Quali scaffali? Quale piano da lavoro?

— Lo *sai*. Non posso dire di non essertene grato. So che ti avevo detto e ripetuto di averne bisogno, ma non era cosí urgente, davvero.

— Ma allora vi credete proprio furbi — esclamò la madre di Jules, passando lo sguardo dal figlio al marito. Se aveva deciso che cospiravano alle sue spalle, niente e nessuno sarebbe riuscito a convincerla del contrario.

Nel breve silenzio che seguí, Jules – ancora fermo sulla soglia – la vide andare al tavolo, afferrare il contenitore della corrispondenza e tirarne fuori le buste, cominciando ad aprirle.

— Le ricevute devono essere qui da qualche parte. Devono esserci. — Stava ancora borbottando mentre Jules attraversava la cucina e usciva in giardino.

Suo padre lo seguí sul vialetto e, quando giunsero al cancello, gli mise una mano sulla spalla.

— Che state combinando, voi due? — indagò Jules.

— Niente di preoccupante. Tua madre è cosí sotto pressione che ogni tanto perde la testa.

— Tutto qui?

— Tutto qui. — Suo padre succhiò pensieroso la pipa ormai spenta. — Deve avere comprato tutto lei, in un momento di debolezza, e ora si sente colpevole. Fra un paio di giorni confesserà, vedrai. È l'unica spiegazione che mi venga in mente — concluse. E aggiunse: — E *tu* cosa ne sai?

Come al solito, la fiera si teneva sui campi da gioco di West End Lane. Quando Jules vi arrivò, l'estremità inferiore di un campo era già piena di auto parcheggiate. La fiera, molto piú affollata di quanto si fosse aspettato, si estendeva dalla strada alla scuola, in una confusione di colori e suoni.

Quasi tutto il pubblico era raccolto accanto alla scuola. C'erano ragazzini e genitori che, attorno agli stand della tombola, assediavano un venditore di biglietti della lotteria. Palle di gelato si scioglievano sui coni, cadendo sull'erba come mostruose cacche d'uccello. Neonati troppo piccoli per capire tutta quella confusione urlavano a pieni polmoni senza che nessuno li degnasse della minima attenzione.

C'erano bancarelle che vendevano consunti libri tascabili, alcuni già letti e altri che a nessuno sarebbe mai venuto in mente di leggere; c'erano chioschi dove palloncini gonfi d'elio si tendevano verso il cielo, cercando di sfuggire ai piccoli compratori. I chiacchieroni sbraitavano, gli innamorati sussurravano e in uno stand circondato da ammiratori la protagonista di uno sceneggiato televisivo firmava autografi e li vendeva per beneficenza. Jules si fece lentamente strada tra la folla.

Dov'era Rachel? Nella fretta di arrivare, non era riuscito a pensare ad altro. Nemmeno ai suoi genitori o all'improvvisa comparsa di tutti quegli oggetti nuovi... l'aspirapolvere, il forno a microonde. Eppure in quell'episodio c'era qualcosa d'inquietante, qualcosa che continuava ad assillarlo. I suoi genitori stavano diventando sempre piú strani ed eccentrici, come se lui non avesse già abbastanza problemi. Che fosse qualche trucco di Stands? Si stava giusto chiedendo cosa sperava di guadagnarci Stands, da uno scherzo del genere, quando qualcuno gli tirò una gomitata nelle costole.

Era Rachel. Si voltò sorpreso, premendosi una mano sul torace, ma quando la vide si sentí squagliare.

— Ciao, Jules. Ti ho spezzato il cuore?

— Io... uhm... — Tolse rapidamente la mano dal petto. — Sono felice che tu sia venuta — borbottò.

— Non dimenticare che è stata una mia idea — rispose lei, avvicinandosi ancora di piú.

Jules credette che volesse sussurrargli qualcosa all'orecchio, ma quando lo baciò sulla guancia la sua sorpresa si trasformò in stupore e le gambe in gelatina.

— Scusami, ho dimenticato di riportarti il giornale — balbettò arrossendo.

— Non ha importanza. Non mi serve piú.

Indossava un abito giallo chiaro che si gonfiava dolcemente nella brezza, aveva i capelli scuri tirati dietro le orecchie, e i suoi occhi castani erano piú belli che mai. Lo prese per un braccio e lo guidò tra bambini col mento sporco di cioccolata e giovanotti a caccia di ragazze prosperose. Quando uno di loro le fischiò dietro, Jules sentí l'impulso di voltarsi per dargli un pugno. E l'avrebbe anche fatto, se quel tizio non avesse avuto un fisico da lottatore.

Stavano passando davanti a una bancarella che vendeva pesci rossi in sacchetti di plastica, quando Rachel si fermò e lo trascinò in un angolo. Di colpo sembrava estremamente seria, e anche nervosa ed eccitata.

— Lui è qui — affermò.

Jules ci mise un po' a capire.

— Stands? Dove? L'hai visto?

— Non ancora. È in uno dei padiglioni. Probabilmente in quello di Ruth Parsons. Credo di avere visto anche Viv.

Si rimisero in movimento, sotto il cielo limpidissimo, d'un azzurro perfetto. Il sole giallo oro cominciava a riscaldare l'aria.

Una volta fuori dalla ressa, Rachel annunciò di botto: — L'ho sognato, sai.

Jules la guardò, stupefatto. — L'hai...

— Certo. Altrimenti perché sarei cosí curiosa? Mi piacerebbe sapere perché sogno una persona che non ho mai conosciuto. Insomma, non l'ho mai visto da vicino, come te. Allora perché lo sogno?

— Se non l'hai mai conosciuto — replicò Jules dopo un momento — come fai a sapere che è lui?

— Lo so e basta.

— Che genere di sogno?

Ma Rachel stava guardando altrove, distratta. Jules frugò nella memoria: ricordò vagamente il buio, il rumore e ossessivi occhi bianchi. Nient'altro. Se anche l'aveva sognato, non riusciva a ricordare. Per lui, i sogni erano come sabbia passata al setaccio.

— Guarda! — esclamò Rachel, puntando il dito.

Jules guardò in quella direzione. Piú avanti c'erano due padiglioni piuttosto grandi, uno rosso e l'altro giallo, distanti una decina di metri. Quello rosso sulla destra doveva ospitare, a giudicare dalla scarsità di pubblico, una specie di mostra d'arte. Ma l'altro tendone sembrava attirare un bel po' di gente. Alcuni si affollavano all'entrata, altri avevano formato una coda ordinata. Sopra i lembi chiusi della tenda, uno striscione di tela cerata proclamava: DIO DISSE: «SIA FATTA LA LUCE.» E LA LUCE FU! Sulla parte anteriore della tenda erano affissi vari cartelli che esortavano la gente a entrare e a pagare. Quando i lembi del padiglione si aprirono e ne uscí una donna anziana, Jules sbirciò all'interno ma vide soltanto oscurità.

Si avvicinarono, facendosi largo nella calca. Una ragazza troppo truccata e profumata si fece avanti; per un momento Jules pensò che andasse da lui, ma poi la ragazza esclamò: — Rachel! Benvenuta al museo degli orrori! — Sembrava terribilmente turbata e si mordicchiava il labbro inferiore.

— Ciao, Viv — la salutò Rachel. — Ti presento Jules, un mio amico. Sa tutto.

Viv gli lanciò un'occhiata nervosa e riportò lo sguardo su Rachel.

— C'è lui, dentro? — domandò Rachel.

— Sicuro. Ma guardali: non hanno nessuna intenzione di lasciarlo andare. Si sta spargendo la voce. La vedi, mia madre? — Si voltò a indicare una signora di mezza età vestita di grigio che chiacchierava animatamente con alcune amiche. — Sta per venirle un infarto dalla felicità. Non mi è mai piaciuta la sua attività alla chiesa, ma questa faccenda mi piace ancora meno. Mi fa paura, Rachel. Non è... normale, ecco. Non è normale.

— Che cosa combina, là dentro? — chiese Jules.

— Molto di piú che predire il futuro, questo è certo. La gente esce piangendo, ridendo, cose del genere. Vedi quella vecchia signora...? — Gliela indicò. — Cinque minuti fa è entrata reggendosi a un bastone, e guardala adesso.

Jules vide la donna allontanarsi e mescolarsi alla folla. Camminava ferma e sicura; e senza bastone.

Una giovane coppia gli passò accanto. La ragazza era in lacrime, ma erano lacrime di gioia, perché stava anche ridendo.

— Ha detto che non c'è bisogno di adottarne uno! Che stavolta non ci saranno complicazioni! Che in ottobre resterò incinta...

— Come può dire una cosa del genere? — obiettò il marito. — È un imbroglione, ti sta prendendo in giro.

— *So* che non mentiva, me lo *sento*...

All'improvviso l'aria si riempí del brusio di altre voci che gioivano, cantavano, ciascuna con un evento da celebrare: il disoccupato che avrebbe trovato lavoro nel giro di una settimana, la bibliotecaria cieca come una talpa che aveva gettato via gli occhiali perché aveva di nuovo una vista d'aquila; il ragazzino grasso il cui padre avrebbe presto vinto al totocalcio. «Ha detto» risuonava nell'aria «ha detto, ha detto, ha detto...»

Viv li guidò verso il padiglione. Un paio di ragazzini cercavano di sbirciare all'interno, ma Ruth Parsons li costrinse a unirsi alla coda. Quando vide arrivare Viv, si fece loro incontro.

— Sono amici tuoi? Che piacere... ma temo che dovrete mettervi in coda come gli altri.

— Per noi va benissimo — rispose Rachel. — Vero, Jules?

Gli lanciò un'occhiata come per invitarlo a essere discreto, ma Jules stava fissando affascinato Ruth Parsons. Sopra l'occhio sinistro aveva un piccolo segno rosa che sembrava lasciato da una bacchettata, e leggere tracce di lividi attorno al mento. Il segno rosa sembrava una cicatrice vecchia di dieci o vent'anni, i lividi erano quasi invisibili. Era tutto quanto restava di un tuffo attraverso un parabrezza? Meno di un mese prima?

— Lei sembra molto popolare qui, signora Parsons — disse in tono allegro, riscuotendosi.

— Oh — rispose lei — non è merito mio. È il nostro... ospite. È proprio un dono del Cielo. Non abbiamo mai fatto tanti soldi in cosí poco tempo. — Gli rivolse un sorriso timido. — Tutto per la causa, sai.

Quale causa?, avrebbe voluto chiedere Jules, ma si limitò ad annuire.

— Dunque il suo ospite è un uomo di chiesa? — domandò.

Ruth Parsons esitò. — Be', non esattamente. Ovviamente è uno spirito affine. E comprende a fondo le persone. A modo suo, è una specie di buon samaritano.

— Io non direi proprio — borbottò Viv. — Io lo definirei un diavolo incarnato.

Lei e sua madre si scambiarono un'occhiata bellicosa, poi Ruth Parsons aggiunse: — Io e Viv non abbiamo mai parlato a quattr'occhi di lui, da quando è arrivato.

— Diciamo piuttosto — replicò Viv — che mi avete tagliata fuori.

Rachel interruppe il battibecco strattonando Jules per la manica. — Credo che faremmo meglio a metterci in coda — disse. — Piacere di averla conosciuta, Ruth.

— Piacere mio, cara.

— Ci vediamo dopo — aggiunse Viv, che rimase con sua madre. Forse il litigio sarebbe scoppiato ugualmente; di sicuro, Viv sembrava ansiosa di mettersi a discutere. Ma dopo un momento Ruth Parsons si girò e tornò dalle sue amiche.

— Certo che quella Viv è un tipo davvero strano — commentò Jules, in salvo in fondo alla coda insieme a Rachel. — Non ho mai visto nessuno con un'aria cosí smarrita.

— E ti meravigli? Si trova proprio nel mezzo di questa storia. Non sa da che parte voltarsi.

— Già — annuí Jules. — Esattamente come me.

— Smarrito e confuso?

Lui assentí.

— E spaventato.

Aspettarono un'eternità. Davanti a loro, la coda avanzava lentamente. Alcuni musicisti locali, ormai stanchi, cominciavano a stonare. Dopo una mezz'ora, Jules iniziò a scalpitare.

Che cos'avrebbe detto, a Stands, una volta entrato? Sperava solo di non restare a corto di parole. *Non devi avere paura di niente, tranne che della paura*... era una frase che aveva studiato a storia, ma non gli era di grande aiuto.

— Incredibile! — esclamò qualcuno alla sua destra. — Sapeva tutto di me. Mi ha detto cose che non sapevo neanch'io. Chi sarà mai?

— Perché tanti si fanno coinvolgere? — chiese Rachel. — Meno io, te e Viv... tutti gli altri parlano come se fosse mandato da Dio.

Jules scosse la testa, stupefatto. Aveva la bocca secca e il cuore in gola: ormai erano quasi in testa alla coda.

Dal padiglione uscí di corsa una bambina di quattro o cinque anni che si slanciò tra le braccia della madre. Da come si abbracciavano, pensò Jules, sembrava che non si vedessero da anni. Ma poi distolse lo sguardo, sentendo una stretta nervosa allo stomaco. La donna davanti a loro era appena entrata: dopo, sarebbe toccato a lui e Rachel.

C'erano sempre piú curiosi, attorno al padiglione, e la coda stava aumentando; ormai era composta da trenta o quaranta persone.

La donna appena entrata restò dentro meno di cinque minuti. Uscí raggiante, con gli occhi rivolti al cielo limpido e un passo energico che prima non aveva. Quando era entrata nel padiglione, si trascinava come un cavallo da tiro.

Jules la guardò allontanarsi e mosse un passo avanti, nervoso. E poi, di colpo, Rachel lo afferrò per un braccio, trattenendolo. La guardò negli occhi, e li vide offuscati da una paura improvvisa.

— Non posso... — balbettò lei. — Mi dispiace, ma non posso...

— Ma perché, Rachel? Cos'è che non va?

— Non lo so. Credevo che ci sarei riuscita ma... non ce la faccio, non posso entrare là dentro e affrontarlo.

— Ma i tuoi sogni... non vuoi scoprire di che si tratta?

— So che è lui — rispose lei, stringendogli forte le dita. — È solo che... non lo so, questa cosa non mi suona giusta.

Dopo un istante, Jules annuí. — Mi aspetti qui?

— Ti aspetto qua fuori, al sole.

Sembrava ancora spaventata. Una paura che poteva essere stata provocata da un pensiero, dal ricordo di un sogno. Ma si sforzò di continuare a sorridere anche quando Jules si voltò.

Le lanciò un'ultima occhiata, poi scostò i lembi della tenda all'ingresso ed entrò nel buio.

Capitolo decimo

Una volta dentro, a causa dell'oscurità il padiglione gli sembrò piú grande di un hangar. C'era troppo buio per quell'ora del giorno; non riusciva a vedere niente, neanche se si metteva la mano davanti alla faccia. Gli venne in mente l'estate precedente, quand'era andato in campeggio con Steve Harper e aveva guardato il sole sorgere attraverso le pareti della tenda: il tessuto si era illuminato come uno schermo cinematografico. In una giornata cosí limpida e luminosa, là dentro non avrebbe dovuto esserci un po' di luce?

Fece un passo avanti, incerto. Il terreno era troppo morbido e umido per i suoi gusti, e l'aria rancida sapeva di caverne e vecchie mura, e cose rimaste a marcire per anni e poi riportate alla luce. Ma c'era anche qualcos'altro: un profumo dolciastro, d'arancio.

— È qui dentro, Stands? — La sua voce risuonò nervosa, tradendo il suo stato d'animo.

— Io sono dovunque — replicò una voce.

Un fruscio, lo schioccare di due dita, e la luce fu. Dapprima crebbe lentamente. Cominciò con una fiammella, il chiarore di una candela, poi illuminò il candeliere che sorreggeva la candela, per spandersi infine sul tavolo dove il candeliere era posato. Jules guardò, tremando... il tavolo, un mucchietto di bucce, una mano, due mani, la luce sempre piú forte. Non aveva sentito sfregare fiammiferi; la fiamma si era accesa allo schiocco delle dita, dita che adesso poteva collegare a una mano, a un braccio, a una faccia.

Seduto su una modesta sedia di legno dietro il tavolo, Stands si trovava fra l'ombra e la luce; metà bocca, metà naso, un occhio socchiuso, freddo e arido come il mese di dicembre. Aveva i capelli folti e spettinati, gli abiti logori. Indossava una giacca di pelle con i gomiti bucati e jeans strappati alle ginocchia. Si rigirava tra le mani un mandarino, sbucciandolo lentamente, lasciando cadere le bucce sul tavolo. Di scatto, lo lanciò a Jules.

— Ne vuoi uno?

Jules lo afferrò al volo. — No, grazie.

Stands sorrise. — Non importa, da dove viene quello ce ne sono molti altri. — Senza smettere di sorridere, tese una mano e con aria noncurante ne estrasse un altro dall'aria. Si rigirò anche quello tra le mani, sbucciandolo con un'unghia appuntita. — Allora, come va a casa, Jules?

Jules ignorò la domanda, ma si sentí balzare il cuore in gola. — Sono con amici — disse — ma sono rimasti fuori. C'è ancora qualcuno che non si fida di lei, signor Stands.

— Che cosa vorresti sapere, Jules?

— Innanzitutto, come fa a conoscere il mio nome.

— Solo questo? Questo è niente. Io so un sacco di cose. Perfino cosa stai pensando adesso... no, non sono una proiezione della tua fantasia. Tutto quello che vedi è reale. — Staccò uno spicchio dal mandarino e se lo infilò in bocca, sorridendo. — Se ancora non mi credi, chiedi in giro. Chiedi a tutti quelli che sono già venuti da me.

L'aria era cosí densa che Jules si sentí quasi soffocare. Si portò un pugno davanti alla bocca e tossí per schiarirsi la gola. All'improvviso quel posto gli sembrò piú un'oscura caverna sotterranea che un padiglione all'aperto. Per fortuna, sentiva ancora la musica della banda e un frastuono di voci; almeno sapeva in che direzione fuggire, se necessario.

— Da dov'è venuto? — domandò. — Che cosa vuole?

— Io vengo dal nulla — fu la risposta. — Vengo dall'ultima città che ho visitato e, quando avrò finito con Eastfield, passerò alla prossima. Qualcuno mi chiama e io vado. Come un cagnolino obbediente. E non sono *io* a volerlo; lo vogliono gli altri, chiaro?

— Quella gente là fuori. *Loro* non la vogliono.

— Invece sí. Non hai visto quanti sono dalla mia parte? Ed è solo l'inizio, Jules, solo l'inizio!

— Li sta ingannando, proprio come ha ingannato mia sorella... e Ruth Parsons.

— Come posso prenderli in giro, se tutto quello che faccio è reale? Esaudisco i loro desideri, tutti. Qualcuno vuole un'auto nuova e io gliela faccio avere. Qualcuno vuole soldi e io glieli do. Posso farli vincere al totocalcio, se lo desiderano. — Fece una pausa per infilarsi in bocca un altro spicchio. — Potrei rivoltarti come un calzino, se solo lo volessi.

— Ma se quello che fa è cosí buono — insisté Jules — perché ho un cosí brutto presentimento?

— Perché la tua città è destinata a cambiare e sarò io a cambiarla. Forse sei come quelle vecchiette che temono sempre e comunque i cambiamenti. Quando avrò finito, qui, Jules, la gente lavorerà di nuovo; tutti potranno vivere bene. Sicuro che non posso fare niente per te?

— Intanto potrebbe lasciar perdere mia sorella — disse Jules.

— Questo non posso farlo.

— Perché no?

— Perché lei non vuole.

Per un attimo, la paura di Jules si tramutò in collera. L'uomo-ombra non era affatto un buon samaritano e non era qui per gli altri, ma per se stesso; quell'aria viziata puzzava dei suoi piani malvagi.

— Laurie è troppo giovane per sapere cosa vuole — gridò. Strinse il mandarino e fece per tirarlo. — Stai solo approfittando di lei, mostro!

Stands continuò a sorridere tranquillo.

Nel pugno di Jules, il mandarino si trasformò in un tizzone ardente; lo lasciò cadere a terra con un grido.

— Calmo — disse Stands, mentre Jules si stringeva la mano al petto. — Non c'è niente che tu possa fare per fermarmi, quindi perché agitarsi tanto?

Dopo un momento, Jules domandò: — Stands... chi sei?

— Sono il sogno di tutti — fu la risposta — e anche l'incubo. Ecco chi sono, Jules. Anche la tua ragazza mi ha sognato, vero? Perciò ha avuto paura di entrare? Perché mi sono insinuato in un suo sogno, dimostrandole cosa sono in grado di fare?

— Lasciala fuori da questa storia — sibilò Jules — altrimenti...

— Altrimenti cosa? — Stands scoppiò a ridere. Allungò una mano nell'oscurità, ne estrasse un piccolo zaino, lo posò sul tavolo e cominciò ad aprirlo. — E comunque, che cosa me ne farei di Rachel? Lei è tua. Io ho cose piú importanti di cui occuparmi, con tutti questi preparativi per il Gran Giorno. Un sacco di cose da sistemare, un sacco di cose...

— Quale Gran Giorno?

— Quello che sta per arrivare. Potremmo definirlo una specie di anniversario... Presto capirai.

Ormai aveva quasi finito di aprire lo zaino, ridacchiando fra sé come per una barzelletta che soltanto lui aveva capito.

Jules lo fissò stupefatto. Che anniversario? L'anniversario *di chi*? Perché parlava per enigmi? Di colpo si sentí inerme, inutile; qualunque cosa potesse dire o fare, Stands aveva la situazione in pugno. Avrebbe voluto voltargli le spalle e mettersi a correre, ma si sentiva le gambe molli. E la mano gli faceva male da impazzire.

— Ti fermeremo — riuscí soltanto a sussurrare. — A qualunque costo, ti fermeremo.

Stands alzò lo sguardo; sembrava divertito. Metà sorriso era in ombra; l'unico occhio scintillava come una stella spenta.

— Come?

— Non lo so. Ma se c'è un modo, lo troveremo.

— Allora comincia a cercarlo. — E tornò a occuparsi del suo zaino.

In silenzio, avvilito, Jules girò sui tacchi e si diresse verso la sottilissima lama di luce che gli indicava dove si univano i lembi della tenda. Era stato là dentro a sufficienza, e si sentiva esausto e confuso. Voleva soltanto uscire da lí, ritrovare Rachel e il fracasso della banda. Dietro di lui, Stands stava dicendo: — Salutami Laurie... e i tuoi genitori, naturalmente. Ora devo smettere, Jules. Per oggi, basta.

— Non ti lasceranno andare. Là fuori ci sono in coda almeno una sessantina di persone.

— Possono aspettare ancora; verrà anche il loro momento.

Finí di aprire lo zaino.

Su di loro risuonò un duplice rombo di tuono, cosí vicino da sembrare sospeso sopra il padiglione. Rimbombò e si spense lentamente. Seguito quasi subito da un altro, e da un altro ancora.

Jules ascoltò il tuono affievolirsi e tornare a esplodere, sempre piú vicino. No, non poteva essere vero. Non poteva averlo provocato Stands, anche se il tuono si era scatenato proprio quando aveva aperto lo zaino; nessuno poteva fare una cosa del genere, nessuno... era un pensiero folle, assurdo... Si rese conto che le pareti oscure del padiglione gli si stringevano intorno sibilando. Stavolta non fu la paura a farlo tremare, ma una folata d'aria gelida. Anzi, qualcosa piú di una folata.

Si era alzato il vento, una burrasca uscita dal nulla che

spazzava i campi e scrollava gli alberi, facendo sbatacchiare i lembi della tenda e lasciando entrare la luce dall'esterno. La banda aveva smesso di suonare. La gente si era messa a correre. Una luce grigiastra, fioca, si riversò nel padiglione.

Jules si guardò alle spalle... e restò a bocca aperta. La fiamma si era spenta.

Niente candela.

E niente Stands.

Ma fu proprio la sua risata che sentí risuonare intorno a sé, trasportata dal vento. Eppure, di lui non c'era traccia: nel tendone c'erano soltanto la sedia e un tavolo coperto di bucce che adesso il vento trascinava via ululando. In cielo, il tuono tornò a esplodere.

Jules corse fuori.

Sotto il cielo color carbone, la gente fuggiva qua e là cercando di evitare il temporale. Alcuni puntarono a gran velocità verso le auto. Gli abiti della domenica svolazzavano, i cappelli rotolavano sull'erba, e un uomo inseguiva disperatamente il suo parrucchino.

Dov'era finito il sole? Da dov'era spuntato quel vento?

Dal nulla, si rispose Jules. Proprio come Stands. Dal nulla.

Per il momento la pioggia era leggera, ma presto sarebbe diventata un temporale. In cielo danzavano le lingue biforcute dei lampi e, per una frazione di secondo, il campo divenne bianco.

Rachel si era riparata davanti al chiosco degli hot-dog, ma appena lo vide gli corse incontro, trattenendo con una mano l'orlo del vestito. I capelli le frustavano la faccia e aveva la pelle d'oca.

— Volevo chiederti cosa ti ha detto — urlò, la voce quasi sommersa dal fragore del vento. — Ma credo che questa sia la risposta!

— Non riesco a crederci — urlò Jules di rimando. — Neanche cinque minuti fa...

Ma Rachel lo bloccò. — Parliamone nel nostro solito bar!

Il tuono esplose sui campi mentre, lottando contro il vento, andavano verso la strada. Gli striscioni volavano via, i chioschi si capovolgevano. Alzando lo sguardo, Jules vide il cielo scuro popolarsi di migliaia di palloncini rossi, verdi, gialli e azzurri. Avevano appena superato la staccionata che divideva i campi dalla strada, quando cominciò a piovere a dirotto.

Corsero in silenzio, ansimando. Gli automobilisti in fuga erano cosí numerosi che era quasi impossibile trovare un varco nel traffico. Jules si guardò intorno ansioso. Le gocce colpivano il terreno come un milione di proiettili. Se avesse cercato di alzare lo sguardo, lo avrebbero accecato. Poi intravide un varco: piccolo, ma sufficiente.

— Andiamo! — gridò Rachel.

Attraversarono la strada di corsa.

L'ultima immagine che Jules conservò della fiera fu quella dello striscione strappato del padiglione della chiromante – SIA FATTA LA LUCE – infilzato sulle punte di una cancellata di ferro.

A metà pomeriggio il temporale si era esaurito, lasciando il cielo stranamente pallido e incolore, e l'aria fredda. Jules restò seduto almeno un'ora insieme a Rachel nel bar puzzolente di tabacco; piú di metà del tempo lo passarono cercando di scaldarsi e di affrontare l'argomento. Poi andarono al cinema del quartiere e passarono il resto del pomeriggio guardando *Terminator 2*… o era il *3*? I sedili erano duri e puzzavano di vecchio, ma riuscirono almeno a salvare un paio d'ore di quella giornata disastrosa. Esausto, Jules dormí per metà del film mentre Rachel mangiava la sua parte di pop-corn.

Poi riemersero nell'aria fredda e umida, e mentre passavano accanto a file di case squallide con i camini che sputavano fumo verso le nubi, fu Rachel a dire quello che entrambi stavano pensando.

— Sai, Jules, credo davvero che sia stato Stands a provocare quell'uragano. So che sembra assurdo, ma...

— Sono d'accordo — l'interruppe Jules. — *È* assurdo, ma è esattamente quello che è accaduto. Quando ha aperto quello zaino... Insomma, chi potrebbe fare una cosa del genere? Nessuno, ecco. Un dio, forse, o un...

— Demonio? È questo che stavi per dire?

— Sí. Tranne che non credo in questa roba. Anche se, dopo questa giornata, non so piú in cosa credere.

— Secondo me, è stato Stands — disse Rachel, rallentando. — Proprio come in uno di quei sogni.

Jules si fermò. — *Quale* sogno?

— Non te l'ho raccontato? Quello in cui cambia le stagioni. Ma non era come oggi; non c'erano tuoni, pioggia, niente del genere. Semplicemente... Be', faceva nevicare. Ci crederesti? — Scoppiò in una risata senza allegria. — Faceva nevicare nel bel mezzo dell'estate!

Quasi istintivamente, mentre lei parlava, Jules si sorprese a scrutare il cielo: sembrava troppo pallido, troppo sbiadito, come se quel freddo biancore rappresentasse una promessa e una minaccia...

— La cosa che piú detesto — proseguí Rachel — è il modo in cui continua a entrare nei miei sogni. Non l'ho mai incontrato, ma lo sogno ugualmente. A volte, è... come se li *controllasse*, i miei sogni, mostrandomi soltanto quello che vuole farmi vedere. Solo per dimostrarmi quant'è potente. Ma io voglio che mi lasci in pace! Se può trovare il modo di entrare nei tuoi sogni e controllarli, che cosa *non* sarà in grado di fare?

Per un po' camminarono in silenzio, immersi nei propri pensieri. L'ombra della miniera di Eastfield, torreggiante all'orizzonte, incombeva sulla città come il castello di Frankenstein.

— In quei sogni — le domandò Jules — hai mai visto

qualcosa che abbia a che fare con un anniversario? Qualsiasi cosa?

Rachel lo fissò.

— Lascia perdere — aggiunse Jules. — L'importante è fermarlo. Dobbiamo trovare il suo punto debole, se ne ha uno, e fermarlo prima che imbrogli tutta la città.

— E come? Con un proiettile d'argento?

— Opterei per un paletto nel cuore.

Rachel scoppiò a ridere: uno spettacolo consolante. Era una risata che avrebbe rallegrato anche un depresso cronico. Mano nella mano, si diressero verso West End Lane.

Si scambiarono il primo vero bacio in fondo al terreno fabbricabile, sopra la scuola e sotto Mount Temple; fu un bacio caldo, pieno di affetto e desiderio, e a Jules fece girare la testa. Fu invaso dalla felicità fino alla punta dei piedi e per un momento tutti i suoi problemi svanirono.

Rachel ridacchiò. — Proprio come in *Via col vento* — disse. Stava guardando il terreno desolato alle loro spalle. La luce stava cominciando a svanire, anche quella nei suoi occhi; improvvisamente seria, parlò a voce bassa. — Jules, non voglio spaventarti, ma... non aspettarti troppo, va bene?

Jules la scrutò in silenzio, cercando di capire.

— Sto parlando di me e te — aggiunse lei. — Non credo che ne verrà fuori niente. Non credo di poterti rendere felice.

Naturalmente quelle parole furono come pugnalate, ma Jules cercò di non darlo a vedere; si sforzò soltanto di dimostrarle che aveva capito. Forse Rachel aveva ragione; era troppo bella, troppo perfetta e lui non se la meritava. Doveva vivere in una città migliore, tra persone migliori; una città dove Stands non avrebbe mai potuto raggiungerla. Qui, poteva succedere di tutto.

In silenzio, si guardarono a lungo nella luce che svaniva.

Capitolo undicesimo

Poco dopo mezzanotte, una figura attraversò il pianerottolo buio. Un'asse cigolò sotto una pantofola. Fu soltanto uno scricchiolio, ma nel cuore della notte, quando tutti dormono, anche gli scricchiolii fanno un gran chiasso. In effetti, era stato proprio quello a svegliare la nonna: un suono lievissimo, ma lei era certa che non fosse stato prodotto da nessuno degli abitanti della casa.

Tremò e si strinse addosso il maglione. Dunque quelle voci alla radio avevano ragione a dire che le stagioni stavano cambiando, però non avrebbe mai creduto che sarebbe successo cosí presto. Di sicuro, quella notte l'aria era pervasa da un gelo invernale; piuttosto strano, dopo un periodo cosí caldo. E quel temporale sbucato dal nulla? Ovviamente era stato soltanto un acquazzone estivo. Qualcosa che aveva a che fare con gli sbalzi di temperatura. Ma ai tempi della nonna si capiva quand'era estate e quand'era inverno, e anche quand'era autunno e quand'era primavera: bastava guardare fuori dalla finestra appena alzati. Alle sue spalle, lo scarico del gabinetto sibilò dietro la porta chiusa del bagno. Attenta a non calpestare un'altra asse scricchiolante, la nonna si diresse alla scala.

Forse il rumore che aveva sentito era stato soltanto uno dei soliti cigolii notturni della casa. O forse Julian o Laurie si erano alzati per uno spuntino di mezzanotte; no, impossibile: al pianoterra tutte le luci erano spente.

"Fantastichi troppo" si disse "ti stai rimbambendo."

Stava per girarsi e tornare nella sua stanza quando lo sentí di nuovo: un tonfo leggero, sommesso, il rumore di qualcosa che cade sul morbido. Si fermò e tese le orecchie. Veniva dal primo piano o dal pianoterra? Non riusciva a capirlo. Sperava che qualcuno non stesse cercando d'introdursi in casa... forse avrebbe fatto meglio a svegliare Carol o Ted, o anche Julian. Ma no, non voleva rischiare di svegliarli nel caso fosse stato soltanto un falso allarme; prima era meglio dare un'occhiata.

Sorreggendosi alla ringhiera, cominciò a scendere. Aveva fatto due dei sedici scalini quando un pensiero la fermò. E se qualcuno fosse già entrato in casa? Se in una delle stanze c'era un ladro, non avrebbe gradito quell'interruzione. Ma no, era un pensiero stupido. Scese un altro scalino, rimproverandosi mentalmente. I ladri vanno a rubare nelle case altrui, non nella tua, non in quella, non con tutte le nuove serrature che Ted aveva applicato a porte e finestre. Quella casa era sicura; non poteva succedere nulla.

Gli ultimi scalini e l'ingresso erano immersi nel buio, a parte il bagliore di un lampione che filtrava dalla porta. Seguendo la ringhiera con una mano e stringendo il maglione con l'altra, scese un altro scalino. Fece l'ennesima sosta e si accorse che, da quando aveva teso le orecchie, la casa sembrava assolutamente silenziosa.

Ted russava? Forse, anche se non se n'era mai accorta prima. Però in quel momento fu proprio quello il suono che le sembrò di udire: un grugnito, un basso brontolio soffocato. Attutito, animale. Un suono che aveva *già* sentito, e non di notte, ma di giorno. E non era Ted, perché non proveniva da una delle stanze, e nemmeno dal pianterreno: era sicura che venisse da sopra, dal pianerottolo, e che avanzasse nell'oscurità.

Si voltò cautamente, perché le scale erano buie e strette, e lei si trovava soltanto a quattro o cinque scalini di distanza dal pianerottolo e questo significava undici o dodici dal pianoterra. Ma si voltò comunque troppo in fretta e le sfuggí la presa sulla ringhiera. Lottò qualche istante per riacquistare l'equilibrio, ma prima che ci riuscisse, una brontolante cosa grigio-marrone le si parò davanti sbucando dall'oscurità.

Cadde, annaspando nel vuoto, tentando di afferrarsi all'aria, e poi ci fu soltanto il buio, il buio e il fondo delle scale che le correvano incontro.

Atterrò male, urtando troppi scalini. Dentro di lei qualcosa si spezzò, un'anca o una costola, non poteva essere altrimenti, e cominciò a farle terribilmente male. L'ultima cosa che vide fu una strana immagine capovolta: in cima alle scale un'ombra si mosse, scese tre scalini. Ma era qualcosa di piú di un'ombra. La guardava con occhi neri e gelidi, ansimando e sporgendo una linguetta rosa. Sembrava quasi che ridesse di lei. Ma perché ridere in una situazione del genere?

L'immagine capovolta si oscurò e la nonna rimase incosciente fino al suo arrivo in ospedale.

Le luci erano accese.

Jules era in piedi in cima alle scale e guardava giú con aria confusa. Anche Laurie era sveglia e si stringeva al petto Snoopy in cerca di conforto.

— Torna in camera tua — le sussurrò.

— Non voglio.

— Non puoi fare niente.

— Ma voglio vedere. La nonna si è fatta male?

— Sí.

— Andrà all'ospedale?

— Torna in camera tua, mostriciattolo — sibilò lui, pentendosene subito dopo. Le parole gli erano uscite di bocca piú dure di quanto avesse voluto. — Scusami — aggiunse.

Ma Laurie corse via piangendo.

La nonna era raggomitolata in fondo alle scale, proprio accanto al nuovo aspirapolvere. Si lamentava piano, e a Jules quei lamenti piacevano ancora meno del suo aspetto. Sua madre era in ginocchio lí accanto, anche lei in lacrime. Alzò la testa ed esclamò impaziente: — Digli di darsi una mossa!

Il padre di Jules era fuori vista, in corridoio. — Saranno qui tra due minuti.

— Digli di sbrigarsi.

Jules lo sentí riappendere la cornetta, e poi lo vide entrare nell'ingresso. — Arriveranno prima possibile. Hanno detto di non muoverla. — Alzò lo sguardo sul figlio. — Jules? Ora comandi tu. Quando arriva l'ambulanza, io e tua madre andiamo all'ospedale. Guarda che Laurie sia a posto, prima di andare a letto. Capito?

Jules annuí in silenzio.

— Perché? — stava dicendo sua madre. — Perché se n'è andata in giro al buio? Perché non ha acceso la luce? — Guardò la nonna e tirò su col naso. — Vecchia sciocca. Hai già i tuoi problemi a muoverti. Perché hai fatto una cosa del genere?

La nonna si limitò a gemere.

— Probabilmente sei inciampata da sola, vero? Perché? Perché...

Jules distolse lo sguardo; aveva già visto abbastanza. Abbastanza da rimanere sveglio tutta la notte, o quasi. *Qualcosa* doveva avere spinto la nonna ad alzarsi e a mettersi a girovagare nel buio; di solito non lo faceva. *Qualcosa* doveva aver solleticato la sua curiosità al punto da...

La risposta lo stava guardando dritto in faccia.

Laurie era tornata in camera sua, ma non aveva chiuso bene la porta. La sera la lasciava sempre socchiusa per invitare lui, mamma o papà a entrare a raccontarle una storia prima di addormentarsi. Qualsiasi storia andava bene, anche se la conosceva già.

Ma non fu la porta aperta ad attirare la sua attenzione. Fu la cosa che si trovava accovacciata appena oltre la soglia. Pensava sempre piú a quella creatura come alla *cosa*; non riusciva a chiamarla Toby. La cosa era seduta là e lo guardava ansimando, sorridendo. Era un ghigno anche troppo familiare; un ghigno che gli agghiacciava il sangue.

Se era stato il cane a provocare l'incidente, allora in un certo senso era colpa di Stands. Solo che... non aveva senso. Finora aveva semplicemente esaudito i desideri di tutti. Ogni giorno un nuovo miracolo, un miracolo nuovo e *misterioso*. Ruth Parsons e la sua incredibile guarigione, Laurie e quel maledetto bastardino spelacchiato, tutti avevano ricevuto quello che desideravano. E la nonna, che desiderio aveva espresso? Una frattura multipla?

Non era possibile accertare se era stato il cane a farla cadere. Per quanto ne sapeva, poteva essere inciampata da sola. Però non ne era convinto. Non quando quella cosa gli sogghignò in faccia, con la sfrontatezza di chi ha la situazione in pugno.

Per un istante provò la tentazione di allungargli un calcio, ma prima che riuscisse a decidersi, in strada risuonò la sirena dell'ambulanza e il cane sgusciò all'interno della camera.

Capitolo dodicesimo

Mentre l'ambulanza sfrecciava a tutta velocità Carol Dwyer, seduta nel retro, singhiozzava con la testa tra le mani. Erano in viaggio da meno di dieci minuti, ma aveva già la sensazione che la notte fosse un'enorme mano nera pronta a stritolarla.

— Non prendertela cosí — le sussurrò il marito, mettendole una mano sulla spalla. — Sono cose che succedono. Ma guarirà, vedrai. Lo so.

Lei lo guardò con occhi velati di pianto. — Forse guarirà, Ted, e se ce la farà non potrò fare altro che ringraziare Dio. Però continuo a sentirmi responsabile, come se fosse stata colpa *mia*.

— È assurdo. Non è stata colpa di nessuno. Stavi dormendo; stavamo dormendo *tutti*. — Ted Dwyer parlava in tono calmo, ma solo perché qualcuno doveva pur farlo. — Piú tardi, quando sarà giorno, vedrai le cose in modo diverso.

— Non volevo dire questo.

— E allora cosa volevi dire?

— Non ne sono sicura... Sai, a volte ti vengono in mente cose che preferiresti non pensare affatto, ma non riesci a impedirtelo. Come quando detesti qualcuno che ami: lo ami tanto, ma per un momento senti di detestarlo. È piú forte di te... — Si torse nervosamente le mani. — Ultimamente abbiamo passato momenti difficili, è stato duro fare in modo che tutto funzionasse a dovere.

Suo marito si strinse nelle spalle. — Capita a tutti di sentirsi cosí, ogni tanto.

— Sí, certo, ma... — Guardò la nonna distesa sulla barella, la faccia pallida adagiata sul lenzuolo candido. — Il lavoro, la casa e badare anche a lei... a volte mi sembrava un peso. In certi momenti avrei voluto togliermela di torno. In fondo, è come se l'avessi desiderato.

Si fissarono in silenzio; gli occhi di Carol erano offuscati dalla preoccupazione, quasi intimoriti.

— Che cosa vorresti dire? — domandò Ted. — Non credo di avere afferrato...

— Non capisci? Ho *desiderato* togliermela di torno. Ho desiderato affidare la sua responsabilità a qualcun altro. E stanotte — aggiunse — questo desiderio si è realizzato, capisci?

— Non credo. Le cose non succedono soltanto perché si desidera che accadano.

Per un momento Carol restò seduta rigida, lo sguardo perso nel vuoto, le mani che continuavano a torcersi; stranamente, lui sapeva esattamente che cosa gli avrebbe detto molto prima che lo dicesse.

— Ne sei sicuro?

Per vedere meglio, Laurie aveva trascinato accanto alla finestra uno sgabellino basso. Ci salí sopra e fissò i puntini luminosi delle stelle. Guardò e aspettò, canticchiando un motivetto: *I sogni son desideri di felicità...*

Quanto avrebbe dovuto aspettare, ancora? L'ambulanza che aveva portato via mamma, papà e la nonna era partita da un pezzo. Jules dormiva ormai da un'ora buona; prima di tornare a letto era venuto a darle un'occhiata, ma lei l'aveva imbrogliato ben bene: quando l'aveva chiamata dalla porta, non aveva risposto. Aveva aspettato ad alzarsi per timore che tornasse, finché aveva sentito la sua porta chiudersi con un *click*. Dopotutto, non aveva senso tenere sveglio anche Jules.

Si voltò e vide che l'orologio accanto al letto segnava le due e venti passate; il cuscino che aveva infilato sotto le lenzuola sembrava piuttosto convincente, almeno con le luci spente. Prese la bambola dal davanzale della finestra e, cullandola tra le braccia, tornò a guardare le stelle.

Quella notte Jules era stato cattivo, pensò arrabbiata. Per prima cosa in cima alle scale le aveva detto delle cose brutte, e questo era già abbastanza; poi, quando l'ambulanza se n'era andata, aveva messo Toby a dormire fuori. Non era una brutta notte, non tirava vento e non pioveva, però faceva freddo e Toby non era abituato a stare fuori. Era abituato al calore della sua stanza. Perché suo fratello lo odiava cosí tanto? Non era giusto buttarlo fuori cosí. La prossima volta che vedeva Jules doveva ricordarsi di dirgliene quattro.

Le sembrò di sentire Toby, giú, grattare la porta sul retro per farsi aprire. Una grattatina, un colpo, un'altra grattata. Forse doveva scendere e farlo entrare, perché con le unghie avrebbe potuto rovinare la vernice e poi lei sarebbe finita nei guai con papà, oltre che con Jules. Dopo qualche secondo, però, i rumori cessarono.

Si chiese se avrebbe dovuto aspettare tutta la notte. Sperava di no, perché non poteva mica stare sveglia per sempre; l'aria fredda aveva contribuito a tenerla vigile, ma ora si sentiva stanca, le palpebre pesanti. Fra un po' avrebbe dovuto togliere quel cuscino dal letto e infilarsi al suo posto.

— Anche tu sei stanca? — chiese a Mandy. — Credi che ci sentiremmo meglio se mangiassimo qualcosa?

Nell'oscurità, la faccia della bambola era una pallida macchia burrosa. — *Mi chiamo Mandy e voglio fare la nanna.*

Laurie scese dallo sgabello e fece per attraversare la stanza. — Allora devo lasciarti qui, mentre io scendo? Sto morendo di fame.

— *Non metterci tanto* — rispose la bambola. — *Ti aspetto qui.*

Era fantastico, pensò Laurie, che Mandy avesse cominciato a parlare senza bisogno di tirare la cordicella; di solito diceva soltanto una decina di frasi ripetendole in continuazione, ma ora continuava a venirsene fuori con un sacco di cose nuove. A volte, mentre il resto della casa dormiva, parlavano per ore e si confidavano i loro segreti.

Posò la bambola sul letto e andò verso la porta. Jules aveva lasciato accesa la luce sul pianerottolo, cosí poteva vedere chiaramente fino al pianoterra senza doverlo svegliare. Un bel bicchiere di latte o un panino avrebbero placato la fame e le avrebbero impedito di addormentarsi. E mentre era in cucina poteva anche far entrare Toby, cosí Jules avrebbe imparato a essere tanto odioso. Si chiuse la porta alle spalle e si diresse verso la scala.

Appena la raggiunse, capí che qualcosa non andava. L'aria era piú fredda del dovuto: anche dopo un'ora davanti alla finestra aperta riusciva a sentire la differenza. In effetti, piú che una zona d'aria fredda era una corrente abbastanza forte da far sventolare la camicia da notte azzurra. Forse una porta o una finestra erano rimaste aperte da qualche parte... però Jules aveva controllato, quando aveva buttato fuori Toby. Forse mamma e papà erano tornati a casa, perché al piano inferiore si sentivano dei rumori; suoni attutiti, morbidi, sommessi.

Trotterellò nell'ingresso buio, i piedi nudi silenziosi sulla moquette, e si fermò davanti alla cucina. I rumori provenivano da lí. Ma quando si mise in ascolto, smisero. Proprio come le grattatine di Toby. Mamma e papà non avrebbero smesso di far rumore se si fossero accorti che lei era lí fuori; le sarebbero corsi incontro a braccia aperte, stupefatti di trovarla ancora sveglia.

Si avvicinò alla porta e la spinse.

Si spalancò senza cigolare.

Allora Jules non aveva chiuso a chiave la porta sul retro, oppure qualcuno l'aveva forzata. Anche nell'oscurità della cucina, si accorse che era spalancata e oscillava nella brezza. Rabbrividí e si strinse le braccia incontro al corpo. Una figura grande e goffa e dagli occhi luminosi uscí dall'ombra e le andò incontro. Un lembo di oscurità si sollevò, rivelando il suo viso. Laurie sorrise.

— Ciao, signor Stands — disse.

PARTE SECONDA

La sparizione

Capitolo tredicesimo

Sí, le stagioni erano proprio cambiate. Nella settimana successiva alla sparizione di Laurie Dwyer, le mattine erano state gelide e ventose e i marciapiedi scivolosi come un pavimento tirato a lucido; tutti indossavano lunghi cappotti pesanti e camminavano a testa bassa, come se non avessero motivo di guardare avanti. A metà pomeriggio il vento s'inaspriva, spazzando via dal ciglio delle strade brandelli di cartacce e facendo cadere dagli alberi le foglie già secche, che i giardinieri rastrellavano e bruciavano imprecando sottovoce. Mancavano ancora parecchie settimane al solstizio d'estate. Un anno folle, diceva la gente, nient'altro che un anno folle.

L'anno *del* folle, ecco come lo chiamava Jules Dwyer ogni volta che pensava a Stands. E pensava a lui quasi in continuazione.

Fu un periodo davvero strano. Se avesse infuriato la canicola, come succedeva sempre in quella stagione, avrebbero potuto definirla follia estiva, stagione pazza o roba del genere. Ma c'era qualcosa di oscuro, di malsano: la notte il vento fischiava e gemeva intorno alle case portando urla di spettri e sussurrando orrori. E quelle ore buie, fredde, pericolose sembravano non finire mai.

Quella settimana, la scomparsa di Laurie non fu che uno fra i tanti episodi inspiegabili.

Lunedí, alla fabbrica Geest nella zona industriale di Eastfield, a Tim Jessopp, che stava facendo il turno di notte nel magazzino frigorifero, era caduta addosso una pila di cassette alta fino al soffitto. Continuava a lamentarsi di quello schifoso orario, del freddo, della puzza e dello stipendio, e al momento dell'incidente si stava appunto chiedendo che cosa poteva escogitare per disfarsi di quel lavoro. In seguito, all'ospedale, disse di avere visto, proprio un attimo prima del crollo, un uomo che sorrideva in modo enigmatico: stava fermo all'altro capo del magazzino, e sorrideva. Tim era convinto che fosse stato lui a far cadere le cassette... anche se qualcuno gli fece notare che l'altro capo del magazzino si trovava a circa una trentina di metri dal punto dell'incidente. — Comunque, io volevo proprio darci un taglio e me ne sono beccato piú d'uno — disse Tim al giornalista locale.

Durante la vendita di beneficenza di martedí alla chiesa spiritista, Molly Richardson confidò a Ruth Parsons di avere visto, la notte prima, l'immagine del suo defunto marito Paddy: era fermo in strada sotto la sua finestra, indossava i soliti logori abiti da lavoro che metteva in miniera, aveva la faccia sporca di polvere nera e la chiamava invitandola a raggiungerlo. Ma, aggiunse Molly, si era ben guardata dal dargli retta: mica era scema, lei.

La notte successiva Molly aprí la finestra della camera da letto e vide di nuovo Paddy... e stavolta si era portato dietro qualche amico.

Alla scuola materna di Church Hill gli insegnanti si spaventarono quando, a metà delle lezioni del mattino, uno sconosciuto male in arnese si presentò al cancello. Perché i bambini avevano alzato lo sguardo all'unisono, da ogni punto della scuola, come se avessero sentito un colpo di fucile? E perché erano usciti di corsa da ogni aula, senza badare ai richiami dei maestri, per raggiungere l'uomo al cancello? Non se ne andarono con lui, ma per tutta la giornata molti di loro furono allegri e felici e portarono stampato sulla faccia un sorriso misterioso.

Da un giorno all'altro la città stava cambiando, la

gente cambiava. Alcuni erano contenti, altri no, altri girovagavano con lo sguardo inquieto di pecore che hanno perso il gregge. A Priory un uomo si addormentò e sognò della veranda estiva che avrebbe sempre voluto costruire in giardino: forse quando si sarebbe svegliato l'avrebbe trovata là. E forse la donna di Station Lane che sognava la pelliccia che aveva sempre desiderato l'avrebbe trovata al suo risveglio, e in effetti la trovò, appesa nell'armadio; ma nella stanza di Mount Temple Crescent, i sogni di Jules Dwyer erano pieni soltanto del fragore irreale di macchinari lontani.

Un cigolio, un gemito, uno stridere di metallo su metallo.

Lassú, nel buio che incombeva sulla città, qualcosa si muoveva.

Capitolo quattordicesimo

Giovedí mattina Jules non andò a scuola, ma accompagnò sua madre all'ospedale. Era una giornata grigia e gelida e le strade erano chiazzate di ghiaccio. In auto provò l'impulso di dirle tutto di Stands, ma si trattenne; nessuno, e specialmente sua madre, avrebbe gradito sentirsi raccontare una storia cosí inquietante in un momento simile.

Non gli piaceva il modo in cui la scomparsa di Laurie aveva cambiato i suoi genitori, facendoli diventare silenziosi e morbosamente impauriti, e nemmeno gli piaceva l'idea che Stands fosse fuggito nella notte portandosi via sua sorella. Doveva essere stato lui: chi altro? Giorno dopo giorno, le ricerche della polizia si dimostravano inutili. Giorno dopo giorno, i suoi genitori diventavano un po' piú grigi e pallidi, tanto che ormai sembravano piú vecchi di dieci anni.

"*Ed è tutta colpa tua!*" gli sussurrava dentro una voce sottile.

"*Perché dormivi, invece di sorvegliarla.*"

"*Perché ti sei svegliato quando ormai era già successo tutto.*"

"*Perché... perché...*" Cercò altri motivi per sentirsi in colpa.

La scuola era un inferno; quella settimana non gli entrava in testa niente, e studiare era fuori discussione. Esami? Per il momento poteva anche scordarsene. Per due notti di seguito aveva letto lo stesso breve brano sul libro di storia per quaranta volte, senza riuscire a ricordarne una sola parola. Alla fine si era cosí spazientito che aveva gettato lontano il libro ed era entrato in bagno per una veloce doccia calda. Solo quando era uscito dalla doccia, rinfrescato e di nuovo padrone di sé, un pensiero lo aveva colpito.

"*Da quando abbiamo un box per la doccia*?"

"*Da quando*?"

A proposito, da quando in soggiorno c'era quella tivú a colori superpiatta, molto migliore della solita vecchia scatola di legno? I suoi genitori non avevano notato quei cambiamenti, o forse erano troppo preoccupati per Laurie per farci caso. Ecco perché non gli avevano parlato del silenzioso orologio da parete sopra la mensola del camino in soggiorno, dove prima non c'era niente. Ed ecco perché suo padre si radeva ogni mattina con un rasoio elettrico nuovo di zecca e lo sguardo preoccupato che si perdeva nel vuoto.

Sicuramente, il loro desiderio piú grande coincideva col suo: riavere Laurie sana e salva. Allora perché quello era l'unico desiderio che Stands non si affrettava a soddisfare? Che cosa voleva da lei?

Jules sedeva rigido sul sedile accanto al posto di guida, con le braccia incrociate sul petto e gli occhi fissi sulla strada. Cosa dice il proverbio... non c'è due senza tre? Prima la nonna, poi Laurie... Non riusciva a ricordare, ma era sicuro che dicesse proprio cosí. Se Stands continuava cosí, il peggio doveva ancora venire.

L'idea lo fece rabbrividire.

— ... potrebbe essere troppo per lei. — La voce della madre lo distolse dai suoi pensieri.

— Che cosa?

— Ho *detto*, ricordati di non parlare alla nonna di Laurie. È una vecchietta battagliera, ma una notizia del genere potrebbe essere troppo per lei. — Sterzò nel parcheggio dell'ospedale. — È troppo anche per tutti noi. Meglio che non lo sappia.

Jules annuí. Fino a quel momento la mamma si era mostrata un modello di efficienza, facendo del suo meglio per nascondere la propria angoscia, ma era soltanto questione di tempo prima che la tensione incrinasse quell'armatura. Si poteva solo sperare che non accadesse durante l'orario di visita.

Attraversarono il parcheggio ed entrarono in ospedale proprio mentre cominciavano a cadere i primi fiocchi di neve.

La nonna si trovava nel reparto geriatrico. Era stata ricoverata là il lunedí mattina precedente e sistemata in un letto bianco sotto una finestra. Era incredibile che si fosse procurata soltanto ferite leggere, un assortimento di lividi e uno strappo ai legamenti, ma i dottori avevano deciso di trattenerla per qualche giorno, per maggior sicurezza. Quando entrarono in reparto e la videro, aveva appena smesso di guardare fuori dalla finestra e aveva un'aria vispissima.

— La neve! — strillò, mentre Jules, seguendo l'esempio della madre, avvicinava al letto una sedia di plastica. — Non è *incredibile*? La neve in piena estate! Visto che avevo ragione, giovanotto? — esclamò, guardando il nipote. — Le talpe avevano ragione, dopotutto!

Jules lanciò alla madre un'occhiata incerta. Quand'era stata l'ultima volta che avevano visto la nonna cosí pimpante? Non riusciva a ricordarselo. La caduta sembrava averle fatto bene.

— Vedo che non te la passi affatto male — commentò.

— È bello vederti cosí in forma — aggiunse sua madre.

— Io? Mai stata meglio. — La nonna si appoggiò contro la montagnola di cuscini. — E vi dirò una cosa: è proprio vero che i cambiamenti fanno bene quanto il riposo.

La madre di Jules si avvicinò al letto facendo scricchiolare la sedia. — I dottori hanno detto...

— Al diavolo i dottori! — La nonna agitò una mano con aria infastidita. — Non capiscono niente, non riconoscerebbero una malattia neanche a sbatterci contro il naso... Vogliono trattenermi qui solo per il fine settimana.

— Solo?

— Già. Gliel'ho detto, che dovrei starci almeno un mese in questo posto, ma non mi danno retta, non prendono sul serio una povera vecchia. Un mesetto qui è proprio quello che mi ci vuole, gliel'ho detto e ridetto, ma loro fanno orecchie da mercante.

D'un tratto Jules si sentí piuttosto confuso e lo stesso sentimento si dipinse sulla faccia di sua madre, che cominciò a balbettare: — Ma... ma... sembra quasi che tu voglia rimanere qui, mamma.

— Sicuro! — replicò la nonna, illuminandosi. — Mi *piace*, qui. Un altro ambiente, facce nuove, mi ha fatto un sacco di bene! A volte — continuò, abbassando la voce come un ragazzino che riveli un segreto — giochiamo a carte nella stanza della tivú. D'azzardo! Resterei qui per sempre, se me lo permettessero! Vedi? Quella è Mary, quella è Lizabeth e quella...

Si rizzò a sedere, puntando il dito. Jules si guardò attorno: letti con cespugli di capelli bianchi, facce rugose, sorrisi amichevoli. Alcune ricoverate erano troppo malate anche per sorridere o mostrarsi gentili, ma molte stavano migliorando e sembravano pronte a uscirsene nel mondo.

— ... Martha, Joannie, Eva, Stella, Catherine, Beryl, Margaret, May...

Concluse le presentazioni, la nonna tornò ad appoggiarsi ai cuscini con l'aria soddisfatta di un micetto che ha appena conquistato la sua pallina preferita. — Sai, soltanto l'altro giorno stavo pensando — riprese — che sarebbe stato un bel cambiamento vedere altre persone anziane come me, cosí, tanto per rendermi conto che ne esistono ancora. — Ridacchiò. — Naturalmente, questo non è proprio ciò che avevo in mente. Strano, eh, come a volte le cose che vorresti succedono sul serio, però mai come te le aspetti. Comunque, siete stati gentili a venire a trovarmi.

Li fissò soddisfatta dal suo letto candido, mentre fuori dalla finestra alle sue spalle diventava candido anche il paesaggio; poi, dopo averci pensato su un momento, aggiunse: — E dov'è Laurie, il mio tesoro?

Impotente, Jules rimase a guardare sua madre che scoppiava in lacrime.

Capitolo quindicesimo

Tornando a casa dall'ospedale quasi non scambiarono parola. Jules guardava la neve che si raccoglieva sugli alberi, sui tetti di ardesia e sulle auto parcheggiate. Sua madre guidava in silenzio, soprappensiero, e un paio di volte rischiò di non fermarsi ai semafori dei passaggi pedonali. Solo quando svoltò in Mount Temple e furono vicini a casa sbottò: — Che cosa ci succede, Jules? Che cosa sta succedendo alla nostra famiglia?

Jules si sentí stringere il cuore, incapace di trovare una risposta. Ma, piú di quelle parole, fu l'espressione di sua madre a preoccuparlo: un miscuglio di paura, ansia e Dio-sa-che-altro.

Il telefono dell'ingresso squillò mentre guardava distrattamente il telegiornale regionale delle sei. Da quando, lunedí, si era diffusa la notizia della sparizione di Laurie, il telefono aveva cominciato a squillare senza sosta. Quasi tutte le chiamate erano di parenti, quelli che quando ti incontrano per la strada non ti fanno nemmeno un cenno, e qualcuna di amici e vicini. Chiamavano per esprimere il loro turbamento e per dire qualche parola di conforto, ma molti, pensò cinicamente Jules, cercavano soltanto emozioni di bassa lega. Erano il tipo di persone che non ti chiamano per anni e poi, quando ormai ti sei dimenticato della loro esistenza, spuntano fuori strofinandosi le mani alla prospettiva di un matrimonio o di un funerale. Alcuni di quegli idioti avrebbero avuto qualche difficoltà perfino a capirne la differenza.

Si alzò e si trascinò di malavoglia nell'ingresso per rispondere, ma sua madre era arrivata per prima: aveva fatto una corsa nella speranza che fossero notizie di Laurie. Quando si rese conto che cosí non era, tese la cornetta a Jules.

— Steve Harper — mormorò, tornando avvilita in cucina.

— Ciao Jules — esclamò la voce di Steve. — Com'è andata la giornata?

— Da schifo.

— Niente paura: non ti sei perso niente. Nessuno si è chiesto dove fossi finito.

— È bello sapere che sentite la mia mancanza.

— Non volevo dire questo, solo che nessuno ti darà addosso. Tutti sanno di Laurie; credo che abbiano capito. In effetti è per questo che ho chiamato... per chiederti se avete saputo qualcosa.

— Ancora niente.

— Be', senti, Jules. Oggi ne stavo parlando con Rachel, e lei sembra convinta che sia stato Stands. Tu sei d'accordo?

— Ci metterei la mano sul fuoco.

— Anch'io. Rachel mi ha raccontato quello che sapete di lui, quello che avete scoperto. E mi ha anche raccontato dei sogni che ha fatto. Tutto. Voglio dire, la neve, accidenti! Nel bel mezzo dell'estate! Se tu e Rachel ne siete convinti, ci credo anch'io. — Fece una pausa e poi proseguí. — E ci ho pensato su. Tutti temiamo che Laurie sia in pericolo. Che lui voglia farle del male. Ma se non è cosí? Se non volesse affatto farle del male?

Per un momento, Jules non seppe che cosa pensare. Fissò la parete di fronte, ma non vi trovò alcuna risposta. Sarebbe stato bello crederlo, credere che Laurie fosse sana e salva... ma qui si trattava di Stands, non di una fatina dolce e sorridente. Prima che potesse obiettare, Steve proseguí il discorso.

— Vedi, Jules, se questo Stands può davvero fare tutto quello che dici tu, che bisogno avrebbe avuto di rapirla? Se avesse voluto farle del male, non avrebbe potuto farlo in qualunque momento? No, sono sicuro che l'ha portata via per qualche altro motivo, non per farle del male.

Sí, rifletté Jules, forse Steve aveva ragione. Sembrava logico; dopotutto, nella follia dell'uomo-ombra poteva esserci una certa logica; in effetti...

Gli venne in mente una frase di Stands: «Potrei rivoltarti come un calzino, se solo lo volessi.»

Sí, c'erano buone probabilità che Steve avesse ragione. Se Stands avesse voluto fare del male a Laurie, avrebbe potuto farlo e basta... proprio come aveva fatto cadere la nonna.

— Continua — esclamò, improvvisamente interessato.

— Ho finito — replicò Steve. — È soltanto una possibilità. Ma la domanda vera è: perché? Perché Laurie è cosí importante per lui?

— E dove può averla portata? Alla fiera mi ha parlato di un Gran Giorno... di un anniversario. Giurerei che fosse importante, per lui, e avesse a che fare con Eastfield. Credi che siano ancora in città?

— È possibile. Da qualche parte dobbiamo pure cominciare, perciò possiamo anche pensare che siano ancora nei paraggi. Questo restringe il campo, ma è come cercare un ago in un pagliaio.

— Da dove *cominciamo*?

— Credo che domani andrò in biblioteca per dare un'occhiata agli archivi del municipio... cercherò qualcosa su questo anniversario. Non è molto, ma meglio di niente.

— Ti serve una mano?

— No, direi di no. Sarà meglio che tu vada con Rachel a ficcare il naso nella chiesa degli spettri.

— Che cosa?

— La chiesa spiritista. Rachel ha preso appuntamento con qualcuno per domani, subito dopo la scuola.

Per un momento Jules rimase senza parole. — Ti ha detto con chi? — chiese quando ritrovò il fiato.

— Ruth, mi pare. Ruth qualcosa... Parsons. Non è quella che domenica faceva la chiromante? Con Stands come ospite d'onore? Be', è lei che Rachel deve incontrare. Credo che vada per tentativi, ma è comunque qualcosa... sai, l'intuito femminile. — Steve ridacchiò. — Se finisco alla svelta in biblioteca, cercherò di raggiungervi. Ma se trovo qualcosa, probabilmente farò tardi. Sai dov'è, quel posto?

Lo sillabò lentamente.

— Mi sa che tutto sommato questa faccenda ti *piaccia* — commentò Jules dopo avere scarabocchiato l'indirizzo. — Sembri bello carico.

— Be', mi conosci — replicò Steve. — In realtà ho sempre sognato di diventare uno Sherlock Holmes dell'occulto, un cacciatore di vampiri o simili, ma i miei vogliono che studi e mi trovi un lavoro serio.

Jules scoppiò a ridere, e fu un sollievo scoprire di esserne ancora capace. Ma poi sentí la porta della cucina chiudersi di scatto e si sentí in colpa: probabilmente sua madre l'aveva sentito e ora pensava che non gli importasse della scomparsa di Laurie.

Riattaccò, staccò dal blocco il foglietto dove aveva scritto l'indirizzo, se lo infilò in tasca e andò verso le scale. Possibile che Rachel sapesse qualcosa su Ruth Parsons? Ma forse era soltanto curiosa. Dopotutto, Stands era stato ospite in casa di Ruth e domenica, alla fiera, aveva contribuito al successo del padiglione della chiromante. Che cosa c'era, fra quei due? Qualunque cosa fosse, era stata sufficiente a suscitare il panico di Viv e a solleticare la curiosità di Rachel. Certo, se c'era qualcuno che sapeva qualcosa di utile, quella persona era Ruth Parsons.

E Rachel se n'era resa conto. Jules ebbe voglia di prendersi a calci per essere stato cosí stupido.

Salí di sopra e, mentre andava verso camera sua, si soffermò davanti alla porta di Laurie, tendendo le orecchie. Era la forza dell'abitudine; da quand'era scomparsa, Jules aveva cominciato ad ascoltare i rumori della casa, i suoni che gli sembravano strani. Un cigolio o un tonfo che non potevano essere stati provocati dalla nonna, un sospiro, l'eco d'una voce. Un paio di volte aveva spalancato la porta della camera di Laurie quasi aspettandosi – sperando – di trovarla là dentro, pur sapendo bene che non era possibile.

"È solo un controllo" si disse, aprendo la porta. "Controllo che tutto sia rimasto come prima; controllo... proprio come avrei dovuto fare sabato notte, prima che accadesse tutto questo."

Spalancò la porta. E, nel farlo, colse un movimento quasi impercettibile nella stanza, come se qualcuno o qualcosa si fosse immobilizzato proprio mentre lui entrava. Toby... la creatura che Laurie chiamava Toby, era ancora là dentro? Impossibile: non lo si era piú visto da quand'era scomparsa. Probabilmente se n'era andato con lei. Ciò nonostante, si sorprese a chiamare: — Toby, sei tu? Ti sei nascosto, bestiaccia? Vieni fuori e guarda che cos'ho per te!

Ma non ebbe risposta, neanche un ringhio. Niente era cambiato; era tutto come prima.

O no? Rabbrividendo, si guardò attorno. Snoopy sorrideva dalla sua postazione, sopra il cassettone; la strega lo fissava cieca dalla sua solita sedia subito dietro la porta... e poi Jules vide la bambola, quella con le pustole della varicella dipinte sulla faccia, distesa su un cuscino appoggiato alla testiera del letto. Era là anche quella mattina, quando aveva dato un'occhiata? Era sicuro di no. La fissò, incerto. No, prima era seduta ai piedi del letto...

Fece per avvicinarsi al letto, per darle un'occhiata piú da vicino, ma poi si fermò. Che stupido, a pensare una cosa del genere. Sua madre doveva avere riordinato la stanza: di sicuro era stata lei a sistemare la bambola sul cuscino. Tutto qui. I cani giocattolo potevano anche perdere le ruote, diventare veri e far cadere le vecchie signore giú per le scale, e gli sconosciuti potevano agitare la mano e far nevicare in estate, ma le bambole che camminano, parlano e fanno pipí non si muovono da sole; oh no, certo che no.

Stava per girare sui tacchi e uscire, quando notò ancora un movimento quasi impercettibile da qualche parte alla sua sinistra. Lo colse con la coda dell'occhio, un guizzo misterioso. Si voltò di scatto.

Le finestre della stanza erano aperte e lasciavano entrare la brezza. Ecco perché stava rabbrividendo. E quello che aveva visto era soltanto l'ombra delle tende traforate. Imprecò contro se stesso per essere stato cosí pauroso: troppe cose strane ti *fanno* diventare strano. Si avvicinò alle finestre e le chiuse con cura.

Dopodiché uscí dalla stanza, stupito della propria ingenuità e del proprio nervosismo. Anzi, uscí *di corsa* dalla stanza e, quando la porta fu ben chiusa alle sue spalle, si sentí stranamente sollevato.

Capitolo sedicesimo

Laurie aprí gli occhi e sulle prime credette di sognare. Si era aspettata di svegliarsi in camera sua, circondata da tutte le cose che amava... e invece no. Si trovava ancora nel Luogo Oscuro, e il Luogo Oscuro era piú oscuro di qualsiasi altro posto nel quale fosse mai stata. Piú oscuro della notte, piú oscuro di quando chiudi gli occhi e cacci la testa sotto le coperte, piú oscuro persino dell'armadio della biancheria, un buon posto in cui nascondersi in caso di necessità. Sapeva di avere gli occhi spalancati perché sentiva battere le palpebre a intervalli di qualche secondo, e gli occhi cominciavano a bruciarle per la polvere.

Si pizzicò per essere sicura di essere sveglia. Quello non era un sogno, ma quasi non sentí il pizzicotto, tanto il freddo le stava intorpidendo braccia e gambe. Rimase immobile, sforzandosi di non respirare troppo a fondo a causa della polvere. Le pareva di averne i polmoni pieni; ore prima, o forse giorni, aveva avuto un terribile attacco di tosse e il suono che aveva prodotto era stato peggio dei dolori al petto. Aveva avuto l'impressione che l'eco durasse minuti interi; dapprima l'aveva soltanto infastidita, ma poi aveva cominciato a temere che quell'eco potesse rimbalzare nell'oscurità come una cosa viva e venirla a prendere.

Si dimenò sulla sedia scomoda, cercando di riacquistare la sensibilità di braccia e gambe, e cosí facendo sentí qualcosa di caldo e umido toccarle la guancia: la lingua di Toby. Riusciva a malapena a sentirne il peso sulle ginocchia, ma c'era anche lui, col corpicino un po' piú caldo del suo grazie al pelo. Era bello averlo vicino, anche se detestava il Luogo Oscuro almeno quanto lei. Sapeva che non ce l'avrebbe fatta, senza di lui. C'erano troppe cose che riusciva a fiutare e sentire, ma non a vedere o toccare, troppe cose che le facevano paura; cose che gocciolavano, che zampettavano nel buio, che gemevano e scricchiolavano.

Il signor Stands l'aveva imbrogliata. Le aveva promesso di mostrarle la Nascita di un Mondo Nuovo... almeno, lei aveva capito cosí. Invece l'aveva portata là, nel luogo piú oscuro di tutti, freddo, umido e soffocante. Avrebbe potuto odiarlo, per questo e per averla lasciata sola tanto a lungo senza nemmeno una luce. Ma le aveva promesso cosí tante cose, le aveva fatto vedere cosí tanto che non riusciva davvero a odiarlo, non ancora, almeno non prima di scoprire il perché la stava facendo aspettare tanto a lungo. Forse voleva farle una sorpresa e non voleva che la vedesse finché non era tutto pronto. Probabilmente la sorpresa sarebbe stata la Nascita del Mondo Nuovo. Chissà che aspetto avrebbe avuto.

Però non aveva scuse per averla lasciata lí al freddo. Avrebbe potuto darle almeno una coperta. E adesso le brontolava lo stomaco. Dove si era cacciato? Le aveva detto che sarebbe stato via per poco. Di solito tornava con qualcosa da mangiare... faceva un effetto strano e non le piaceva affatto, mangiare qualcosa che non riusciva a vedere. Non c'era modo di sapere cos'avresti messo sotto i denti, finché non lo masticavi.

Quanto tempo sarebbe stato via? Trattenne il respiro e si mise in ascolto. Erano passi, quelli? Forse sí, o qualcosa di simile. Un suono leggero, liquido, come di qualcuno che si avvicinasse camminando nelle pozzanghere.

Però non potevano essere passi; erano troppo regolari e troppo distanziati... alcuni li sentiva davanti a sé, altri dietro. Poi si rese conto di avere sentito quei suoni fin da quando il signor Stands l'aveva portata là. Ma dopo un po' ti scordavi che c'erano e cominciavi a ignorarli. Adesso riusciva a sentire soltanto quello sgocciolio costante, un suono che le ricordava la gita scolastica dell'anno prima alle grotte di pietra calcarea; una goccia e l'eco, una goccia e l'eco, una goccia e...

Rumore di piedi strascicati.

Stavolta li sentí chiaramente. Erano *proprio* passi, passi astuti, che fingevano di essere qualcos'altro, che cercavano di camuffarsi. Però erano proprio piedi che si trascinavano nel fango, che si muovevano nell'oscurità, che si avvicinavano.

Di fronte, o dietro di lei? Avrebbe voluto mettersi a correre, saltare giú dalla sedia e fuggire, ma si rese conto che non poteva. Le gambe paralizzate dal freddo non l'avrebbero sorretta; e, anche se ci fosse riuscita, non aveva la piú pallida idea di dove fuggire. Nel buio, rischiava di sbagliarsi e correre *verso* quei passi.

Avrebbe dovuto urlare a squarciagola e chiamare il signor Stands. Lui avrebbe saputo che cosa fare. Ma non riuscí a fare neanche questo, perché il terrore le aveva portato via la voce. Riuscí soltanto a portarsi una mano alla bocca e mordersi le nocche, augurandosi che arrivasse il signor Stands.

Il signor Stands *era* arrivato.

Quei passi erano i suoi.

Nel buio non riuscí a vederlo in faccia, ma riconobbe la sua voce: — Eccomi, piccola Laurie, ti ho spaventata? Ti ho portato qualcosa da mangiare.

Lo sentí posare il piatto sulla sedia accanto e tese una mano. Qualcosa di morbido e caldo, un hamburger, forse; qualcosa di liscio e rotondo, forse una mela, e una barretta di cioccolata ancora incartata.

— Mangia — la incitò lui — mangia. Ti aiuterà a mantenerti in forze.

— Non mi piace questo posto, signor Stands — protestò Laurie. — Non è come lei mi aveva detto. Voglio andare dove c'è caldo e luce. Quand'è che posso andarci?

— Presto. Ma prima devi stare qui per un altro po'. Questo posto va bene per te, Laurie. Fa bene alla tua fantasia, e noi dobbiamo tenerla in esercizio, vero?

— Perché?

— Perché allora potrai vedere quello che ti ho promesso. Ma non accadrà se non mangi e non diventi forte, capito?

— Se lo faccio — chiese Laurie — se faccio come vuole lei, che cosa succede?

— Be' — rispose Stands, con un sorriso quasi visibile nell'oscurità — se fai davvero la brava, ti chiederò di esprimere un desiderio.

Capitolo diciassettesimo

Quando Rachel arrivò, la strada era deserta. Davanti alle casette a schiera, i marciapiedi erano bianchi. Le porte erano chiuse per opporsi agli elementi e, anche se la neve aveva smesso di cadere da ore, il colore del cielo sembrava prometterne ancora. Non c'era traccia di giardini, e i gradini davanti a ogni casa portavano direttamente al marciapiede. Ai lati della strada erano stati piantati alberi striminziti che ora, appesantiti dalla neve, sbucavano dal terreno candido come fontane di ghiaccio.

Rachel andò avanti, controllando i numeri delle case. La chiesa spiritista era al 27 di Moxon Street... cioè, secondo i suoi calcoli, l'ultima a destra, di fronte alla cabina telefonica. Oltre c'era soltanto la strada principale che saliva verso la stazione ferroviaria e scendeva verso la città. Uno spandighiaia passò lentamente tra le case e scomparve alla sua sinistra. Un cane color crema corse in strada, sollevò la zampa contro un lampione e scappò via. Raggiunta l'ultima casa, Rachel si fermò.

Era in anticipo di mezz'ora. Ruth Parsons le aveva detto di venire alle quattro e mezzo e non erano ancora le quattro. Era arrivata troppo in anticipo. Quel giorno – esaudendo i desideri di tutti i ragazzi – le scuole avevano chiuso all'ora di pranzo a causa della neve; con tanto tempo a disposizione, Rachel era diventata sempre piú inquieta e, alla fine, si era precipitata là.

Ma adesso si sentiva incerta. Poteva aspettare Jules o

entrare da sola. Però la casa non sembrava troppo invitante. Una finestra del primo piano era sbarrata con delle assi e le due al pianoterra avevano le tapparelle abbassate. Restò sulla soglia, pestando i piedi per difendersi dal freddo e cercando di decidersi. Guardò la vernice della porta, e pensò al calore all'interno. Era poi cosí grave essere arrivata in anticipo? Probabilmente no. Forse Ruth Parsons aveva un debole per le stranezze, ma al telefono le era sembrata gentile, quasi espansiva e desiderosa di parlare. Le aveva persino detto di entrare da sola, senza bussare. «La nostra porta è sempre aperta» aveva aggiunto. Però era strano che non le avesse chiesto il motivo della sua visita. Forse si ricordava del loro breve incontro fuori dal padiglione della chiromante e lo conosceva già, o se l'era immaginato.

Alla fine decise di entrare. Sempre meglio che restare là fuori a congelarsi. Si avvicinò alla porta, ma subito si fermò. Meglio lasciare un biglietto a Jules, cosí non sarebbe rimasto fuori ad aspettarla. Recuperò da una tasca del cappotto un blocchetto a spirale e una penna e sul primo foglio bianco scarabocchiò:

Caro Jules,
Raddrizzati la cravatta, entra pure
E unisciti alla festa!
R.

Poi strappò il foglio e lo lasciò sporgere dalla buca delle lettere. Dopodiché abbassò la maniglia, spinse la porta e la casa le si spalancò davanti.

La prima cosa che notò fu l'aria, stantia e viziata. Era l'odore di una stanza chiusa e riaperta dopo molti anni, l'odore di una vecchia biblioteca troppo piena di libri... a parte che là dentro non c'erano libri e la casa era abitata. Quando si chiuse la porta alle spalle, l'aria le sembrò ancora piú pesante e opprimente.

Si trovava in una specie d'ingresso, che sembrava parzialmente demolito. Le pareti bianche erano screpolate e scrostate, quasi tutti gli interruttori erano stati divelti, e calcinacci si erano staccati dal soffitto in diversi punti. Di fronte a lei una scala saliva sinuosa nell'oscurità, bloccata da due pile di sedie di plastica che sembravano volerle impedire di proseguire... non che ce ne fosse bisogno: nemmeno a viva forza avrebbe salito *quegli* scalini.

Guardò alla sua sinistra, e vide tre porte chiuse: sembravano vecchie e marce, come quelle che, nei film dell'orrore, si aprono con un cigolio sinistro. Ma, quando la provò, la prima non fece alcun rumore perché era chiusa a chiave. Si spostò verso la seconda, pensando che quella casa non sembrava piú calda o accogliente del marciapiede. Era qui che la comunità di Ruth si riuniva per pregare, o fare quello che faceva di solito? Non c'era da stupirsi che Viv non volesse avere niente a che fare con loro.

Ma, davanti alla seconda porta, esitò. D'un tratto si sentí la testa confusa, annebbiata. *Davvero* Ruth era cosí desiderosa di incontrarla? Questo poteva voler dire che non aveva niente da nascondere. Ma se invece fosse stata legata a Stands a filo doppio, se Stands l'avesse tenuta in pugno...? Non poteva essere una trappola? Si morse nervosamente le labbra.

La paura era un lusso che non poteva permettersi. Aveva bisogno di risposte, non soltanto per il bene di Laurie Dwyer, ma per il suo. Doveva saperne di piú sui sogni, sogni ogni notte piú angosciosi e dai quali si svegliava spaventata, confusa e atterrita. Doveva saperne di piú sul posto che aveva sognato: il Luogo Oscuro, la cosa peggiore che avesse visto in quegli incubi. Era lí che i suoi sogni si fermavano ogni volta; era lí che Stands voleva condurla. Nel Luogo Oscuro si trovavano Stands, lei, Jules, e anche Laurie... sí, ne era certa. Anche Laurie. Là sarebbe accaduto tutto. Qualunque cosa avesse in mente l'uomo-ombra, sarebbe accaduta là. Doveva scoprire perché i sogni continuavano a portarla laggiú. Se Ruth era affidabile o no, poco importava. Lei doveva entrare: doveva aprire la porta ed entrare senza paura. Quando la spalancò, sperò soltanto che il Luogo Oscuro non si trovasse oltre la soglia.

Infatti non c'era, ma la sua prima impressione fu quella di essere entrata in un altro mondo. La investí un'aria che sapeva di lucido per mobili e deodorante. C'era buio, le tapparelle sui due finestroni erano abbassate, ma non *cosí* buio, non era il luogo dei suoi incubi. Sospirò di sollievo ed entrò.

Era una lunga stanza rettangolare ricavata unendo due stanze piú piccole. Doveva essere quella la loro cappella, pensò Rachel, scorgendo in fondo alla stanza un palco e un leggio improvvisati, un altare da poco e, dietro, un arazzo ampio e squadrato appena visibile nell'oscurità. Tra l'altare e le finestre chiuse c'erano diverse file di sedie di plastica, le stesse che si trovano nelle scuole e negli ospedali. Era impossibile distinguere i dettagli o i colori, perché la stanza era immersa nella penombra, ma Rachel si rese conto che era pulita e ben curata. Non era certo come se l'aspettava. Visto l'ingresso, una cripta ammuffita l'avrebbe sorpresa di meno.

Si stava chiedendo se proseguire nelle indagini o sedersi ad aspettare, quando con la coda dell'occhio colse un movimento alla sua destra, vicino all'altare. Aguzzò la vista in quella luce incerta e distinse qualcosa. A un paio di metri dall'altare si apriva il vano di una porta nel quale oscillavano alcune strisce colorate. Forse era una corrente d'aria a muoverle, o forse qualcuno dalla stanza accanto.

Si diresse cauta verso la porta. Se nella stanza accanto c'era qualcuno, perché non si era fatto avanti? Non si sentivano suoni, però: nessun segno della presenza di qualcuno, soltanto il rumore attutito dei suoi passi sulla moquette.

Davanti alla porta, si fermò. Adesso le strisce erano immobili, come se trattenessero il respiro, però sentiva un rumore alle sue spalle. Come aveva fatto a non accorgersene?

Si voltò di scatto, sperando di vedere Jules o Steve Harper, o anche Ruth... qualsiasi faccia familiare sarebbe andata bene. Ma riuscí a scorgere soltanto le file di ombre sulle sedie; niente Jules, niente Steve. Fu solo quando scrutò piú attentamente una sedia dopo l'altra che vide una delle ombre muoversi. Però non era esattamente un'ombra. Piuttosto, una scura figura ingobbita seduta al centro della prima fila. Il suo primo pensiero fu di darsela a gambe, ma quando la figura alzò la testa e girò verso di lei l'ansiosa faccia invecchiata, si rese conto di non riuscire a muoversi.

Capitolo diciottesimo

Jules arrivò a Park Estate subito dopo le quattro e rallentò il passo. Era la strada piú breve per arrivare a Moxon Street, quella che faceva di solito per andare in stazione, ma ora stava cominciando a pentirsi di non aver preso la via piú lunga. Sarebbe arrivato in anticipo (Rachel gli aveva detto alle quattro e mezzo) e non lo allettava l'idea di aspettarla da solo davanti alla chiesa degli spettri. Perciò se la prese comoda: tracciò solchi col dito nella neve accumulata sui muretti dei giardini e studiò con grande interesse tutte quelle case identiche, come se questo potesse prolungare il tragitto. Funzionò, ma non per molto.

Non poté fare a meno di notare che quel giorno le case di mattoni rossi sembravano molto piú nuove. I muri non erano piú screpolati, i cardini dei cancelli sembravano meno arrugginiti e i giardini piú curati. Forse era un'illusione creata dalla neve, che conferiva a tutto un aspetto piú luminoso. Ma la realtà erano i cumuli di neve grigiastra e ormai quasi sciolta che era stata spinta via dai cancelli: si stavano già ricoprendo del grigio e del nero della polvere di carbone. Sotto quella gelida coperta bianca, probabilmente Park Estate era deprimente e squallido come al solito.

Rallentò ancora e poi si fermò quando un pallone da calcio rosso schizzò fuori da un giardino poco piú avanti. Due ragazzi lo rincorsero in strada strillando, scivolarono sul ghiaccio e caddero ridendo, mentre la palla rotolava via. Se fosse arrivata un'auto, sarebbero stati travolti.

Poi Jules si voltò e si accorse di essersi fermato proprio davanti a casa di Brookman. Lí per lí non se ne era reso conto... quelle case sembravano tutte uguali, anche col bel tempo. Ma poi decise che, già che c'era, poteva anche controllare se Brookman era là dentro.

La casa sembrava silenziosa come la settimana precedente, ma Jules si avvicinò e bussò lo stesso. Era davvero passata soltanto una settimana da quand'era cominciata quella storia? Sembrava incredibile. Aspettò qualche secondo, poi bussò di nuovo. Finalmente sentí del movimento all'interno: passi pesanti, il tintinnio di una serratura, rumore di chiavi, una lunga esitazione. La porta si dischiuse di pochi centimetri, trattenuta dalla catenella.

Quando vide la faccia che aveva di fronte, Jules soffocò a stento un urlo. Sembrava il muso di una talpa, di qualcuno che non vedeva la luce del giorno da secoli. Gli occhi erano infossati, opachi e spenti, i capelli una sudicia matassa arruffata, le mascelle erano coperte da un velo di barba. Una mano si alzò per proteggere gli occhi dalla luce.

— Dave?

Per qualche secondo, Brookman lo guardò stupefatto. Poi borbottò: — Chi sei?

— Non mi riconosci? Non sai chi sono? — O erano le conseguenze di una sbronza colossale, o davvero qualcosa non andava. — Dave, sono Jules.

— Jules? — Finalmente un barlume di consapevolezza. — Jules Dwyer?

— Esatto. Che diavolo ti è successo?

Dave gli sbatté la porta in faccia. La catena tintinnò e subito dopo la porta si spalancò.

— Meglio che entri — disse Brookman.

Jules lo seguí nell'ingresso buio e aspettò che Brookman riagganciasse la catenella di sicurezza, chiudesse un catenaccio, girasse una chiave e poi un'altra. L'ingresso puzzava di grasso e benzina ed era disseminato di pezzi di biciclette. A una parete ai piedi della scala era appoggiato un telaio senza ruote. Brookman si allontanò dalla porta e, senza parlare, si avviò su per le scale. Indossava soltanto un pigiama e le pantofole e si muoveva in modo strano, come un sonnambulo. In cima alle scale girò a destra, e Jules lo seguí in una stanza a confronto della quale l'ingresso sembrava uscito da una rivista di arredamento.

L'interno era velato da una cortina di fumo. Persino le pareti sembravano grigiastre e l'aria puzzava di sudore e sigarette, biancheria sporca e cibo andato a male. Il pavimento era un groviglio di riviste strappate e consunte, dischi senza copertina, tazze e piattini sporchi. Tre posacenere traboccavano di mozziconi e alcune sigarette erano state spente sulla moquette, lasciandovi bruciature nerastre. C'erano pacchetti di sigarette accartocciati e bottiglie di whisky mezze vuote. Le lenzuola giacevano ammucchiate sul pavimento.

— Dave, cos'è successo?

Ignorando la domanda, Brookman chiuse la porta della camera con un lucchetto nuovo di zecca, poi andò verso il mucchio di lenzuola, vi si lasciò cadere sopra e cominciò a frugarvi dentro cercando una sigaretta. Trovò un pacchetto, scoprí che era vuoto e lo accartocciò sibilando una parolaccia. Continuava a ignorare Jules, che si era avvicinato e si era seduto sul letto accanto a lui. Finalmente trovò una scatola di fiammiferi e una cicca fumata a metà, l'accese, e poi si girò verso Jules.

— Allora te la sei cavata — disse.

— Che cosa?

— Quella notte, la settimana scorsa. Quel tizio nell'auto. Te la sei cavata.

— Ah, sí — disse Jules, ricordando la sua corsa folle, il rumore dell'auto, la risata agghiacciante alle sue spalle. — Me la sono cavata.

Brookman annuí pensieroso.

— Io no.

Seguí un lungo silenzio. Le dita che reggevano la sigaretta tremavano come foglie.

— Pensavo che fossi scappato anche tu — riuscí infine a dire Jules. — Pensavo che te la fossi data a gambe. Io... — S'interruppe; non l'aveva *visto* fuggire perché non aveva osato voltarsi.

— Non riuscivo a muovermi — mormorò Brookman — volevo fare come te, filarmela a razzo, e invece... non volevo tornare nell'auto, ma lui mi ci ha costretto. Mi ha chiesto se avevo bisogno di un passaggio e io ho risposto di *sí*. Anche se *non* volevo. È stato un incubo. Mi ha costretto a rispondere come voleva lui. — Si chinò e spense la sigaretta sulla moquette. — E mi ha mostrato... mi ha mostrato cose indescrivibili. Mi ha fatto vedere la città, Jules, *questa* città. Ed era cambiata da cima a fondo.

Jules si agitò, inquieto. — In che senso?

— Diversa. Piú nuova. Abbiamo girato in auto e abbiamo visto come *diventerà*, non com'è oggi. C'erano soldi da spendere, stavano costruendo case nuove, aprivano nuovi negozi. Ma le persone... — Scosse la testa, evitando lo sguardo di Jules. — Sembravano zombi. Non erano vive, erano... — S'interruppe di nuovo e si appoggiò alla parete, sospirando. — Ti garantisco che, se dopo quello che ho visto avessi potuto esprimere un desiderio, avrei voluto che questa città restasse com'è, noiosa e morta. Non voglio rivedere quel tizio, Jules, mai, *mai piú*.

— Per questo sei ridotto cosí? Tutti i lucchetti e le catene. Credi che riuscirai a tenerlo fuori?

Senza rispondere, Brookman appoggiò la schiena alla

parete, si portò le ginocchia al mento e restò lí a fissare il vuoto. Jules lo guardò, perplesso. Quello non era il vecchio Brookman. Anche i suoi occhi, di solito furiosi e astuti, sembravano timidi come quelli di un topolino. Per qualche ragione, Jules non poté fare a meno di pensare al topo che Brookman aveva sezionato molti anni prima; adesso era lui che aveva l'aria della vittima.

— I tuoi sanno di tutto questo? — chiese, guardandosi attorno.

Brookman scrollò le spalle. — E perché dovrebbero? Non possono farci niente. Da quando mamma ha lasciato il vecchio, qui ognuno vive la sua vita.

— Qualunque cosa ti abbia fatto vedere la settimana scorsa — disse Jules — quando ti ha mostrato la città, credo che stia tentando di farla diventare vera.

— Tentando? — Brookman s'irrigidí. — Non ha certo bisogno di provarci! Può fare tutto quello che vuole, quel bastardo! Credimi, l'ho visto. Ho visto che cosa può fare.

— Anch'io. Ti ha detto che cosa, come o quando?

— No. Stava giocando con me, tutto qui. Per lui ero soltanto un giocattolo. Ma ho visto abbastanza. Per colpa sua non esco da questo schifo di stanza da una settimana.

— Ma non puoi rimanere qui per sempre. Che cosa diventerà tra un'*altra* settimana? Prima o poi dovrai uscire.

— Quando lui se ne andrà. Sempre che se ne vada. Non prima. — Ricominciò a setacciare il pavimento alla ricerca di sigarette. Ne trovò una un po' schiacciata in una scarpa da ginnastica e se la infilò tra le labbra. — Mi porti un pacchetto, la prossima volta che vieni? Ormai le ho quasi finite. — La accese, spense il fiammifero e si batté con forza una mano sul petto. — Forse me ne starò nascosto qui, però so quello che succede. Non sono stupido. So che cosa succede là fuori; sento quello che dicono i vecchi sulle porte di casa, i ragazzini in bici. Credono che sia un dio o qualcosa del genere, ma non lo è. È un mostro, ecco la verità. Scommetto che è stato lui a far nevicare, vero?

— Credo di sí — rispose Jules. Stava per aggiungere qualcosa, ma Brookman proseguí d'impeto.

— Ah! La neve? Questo è niente. Bazzecole. Se volesse, potrebbe fare resuscitare i morti. Potrebbe trasformarci in polvere. Potrebbe... — S'interruppe di botto, come se fosse stato colpito da un pensiero o da un ricordo improvviso.

— Come puoi saperlo — insisté Jules — se stai chiuso qui dentro da una settimana? Cosa ti ha fatto vedere di tanto spaventoso?

Brookman tirò una lunga boccata nervosa dalla sigaretta, evitando gli occhi di Jules. — Mi ha fatto vedere la sua faccia — rispose. — Mi ha mostrato la sua faccia e quello che c'è sotto e... Jules, era la faccia di un morto: si è tolto la maschera e sotto cadeva a pezzi, era putrefatto, ma continuava a sogghignare, a sghignazzare... — Ammutolí per qualche secondo, e infine concluse: — Ecco perché non esco.

Sul letto, Jules si agitò nervosamente: c'era una molla che sporgeva. La descrizione di Brookman aveva qualcosa di familiare, anche lui aveva visto qualcosa del genere... magari in sogno? Si sforzò di mettere a fuoco il ricordo, ma non ci riuscí. Se mai aveva visto la vera faccia dell'uomo-ombra, doveva averla dimenticata. Meglio cosí. — Tu non sei l'unico che ha preso, sai — disse, guardando Brookman risucchiare avidamente il fumo e sputarlo fuori. — Alcuni di noi lo stanno cercando. Si è nascosto.

— Be', vi consiglio di lasciarlo stare. E poi che cosa c'è da cercare? Perché volete imbarcarvi in una follia del genere?

— Perché ha preso Laurie — rispose Jules; Brookman lo guardò con aria assente. — La mia sorellina — spiegò.

— Oddio.

— È scomparsa domenica. Crediamo sia ancora nei dintorni, ma...

Brookman lanciò un fischio acuto, pieno di fumo. — Lo troverete soltanto se vuole farsi trovare; spero che tu te ne renda conto. Sarebbe come cercare...

— Un ago in un pagliaio: lo so.

Per un pezzo, Brookman rimase in silenzio; poi spense accigliato anche la seconda sigaretta sulla moquette e alzò lo sguardo.

— Sai che penso? Vuole i bambini perché sono gli unici col potere. Come Laurie. Possono dargli quello che vuole.

Jules lo guardò stupefatto. — Quale potere?

— Dai, pensaci. Sei tu quello intelligente. Il potere della fantasia. Lo sai... quando giocano, i bambini immaginano di tutto. Eravamo cosí anche noi, come tutti. Non ricordi quante volte ti ho ucciso, quando giocavamo alla guerra?

Jules se ne ricordava bene. — Anch'io ti ho ucciso un paio di volte, però tu non volevi morire. Dicevi sempre che era solo un graffio e ti rialzavi.

— Ma adesso non siamo piú cosí, vero? Adesso non pensiamo piú a quelle cose. Pensiamo soltanto alla birra, alle ragazze, al lavoro e a chi vincerà qualche stupida partita di calcio.

— E forse a un altro paio di cosette — aggiunse Jules.

— Ma non usiamo piú la fantasia, giusto? Laurie sí, tutti i bambini lo fanno, ma noi no. Ecco perché non gli serviamo, a quel mostro; non può servirsi di noi. — Brookman si alzò, spazzolandosi la camicia con le mani, e cominciò a setacciare la stanza come un segugio alla ricerca di un'altra cicca. — Ti ricordi la settimana scorsa, nell'auto? Io desideravo soltanto un'auto migliore di quella vecchia carcassa, sognavo di salirci, che un giorno ne avrei avuto una, e lo sogno ancora. Ecco perché mi ha dato un'auto migliore, e perché è riuscito a servirsi di me solo per quello... perché l'auto era tutto ciò che desideravo. Capisci, Jules? Noi non abbiamo una fantasia abbastanza fervida e perciò non gli interessiamo granché. Gli adulti desiderano soltanto i soldi e la salute...

"E nuovi aspirapolvere, forni a microonde, televisori ultrapiatti" pensò Jules con un brivido.

— Ma con i bambini — continuò Brookman — non ci sono limiti. Il loro potere è l'immaginazione sfrenata. È come un gioco spinto all'estremo. Tutti quei ragazzini con le loro bici nuove di zecca... metà di loro non ha mai avuto una bici prima d'ora, ma questo è niente. Quello che non sanno è che piú vogliono, piú desideri esprimono, piú *lui* diventa forte.

— Vuoi dire che accresce il proprio potere a spese dei bambini?

Brookman annuí in silenzio.

— O di chiunque altro dotato di una forte immaginazione? Di chiunque desideri ardentemente qualcosa?

— Forse.

Jules tacque, confuso, quasi schiacciato da pensieri opprimenti. Fissò Brookman che, in ginocchio, frugava borbottando in un intrico di vestiti, copertine di dischi e tazzine da caffè alla ricerca dell'ennesima sigaretta. Dunque Stands aveva rapito Laurie per il potere che lei possedeva, il potere dell'immaginazione; finora aveva usato quel potere a beneficio della bambina, ma cosa sarebbe accaduto se avesse cominciato a usarlo per se stesso? E se avesse trovato quel potere anche in altre persone, non bambini, ma individui che immaginavano, credevano e desideravano come bambini? Gli spiritisti, forse.

D'un tratto capí quello che avrebbe dovuto capire già da molto tempo. Era come se, nella sua mente, fosse Stands a parlare, da un luogo lontano e deserto: "*Questo è solo l'inizio, Jules, solo l'inizio!*" Fino allora aveva visto solo la punta dell'iceberg, i segnali che preannunciavano un mutamento; ma in cosa consisteva l'iceberg nella sua totalità?

Piú tardi, attraversando Park Estate, continuò a sentire nella testa la voce di Dave Brookman ripetere come un disco rotto: "*Se volesse, potrebbe fare resuscitare i morti... potrebbe trasformarci in polvere...*"

Prese a calci la neve sul marciapiede e accelerò. Non era esattamente in preda a pensieri piú confortanti mentre, con pochi minuti di anticipo, si avvicinava a Moxon Street e alla chiesa spiritista.

Capitolo diciannovesimo

— Mi dispiace averti spaventata — disse Ruth Parsons. — Devo averti fatto prendere un colpo.

— Sono solo un po' nervosa — replicò Rachel. — Comunque, non sarei dovuta andare in giro a quel modo. Avrei dovuto bussare o chiedere permesso. Mi dispiace di averla interrotta... qualsiasi cosa stesse facendo.

— Non preoccuparti. Stavo pregando di essere guidata. — Ruth spense il bollitore, mise le bustine di tè nelle tazze, aggiunse acqua bollente, latte e zucchero e mescolò. Dimostrava vent'anni di piú. I lividi erano svaniti, e cosí pure la cicatrice rosea sopra l'occhio, ma adesso il suo viso era grigio di preoccupazione e la fronte un intrico di rughe. Rachel era rimasta cosí sconvolta da quel cambiamento che per qualche minuto non era riuscita a spiccicare parola. Ora, però, cominciava a calmarsi.

Si sedette al tavolo di cucina, mentre Ruth mescolava il tè davanti a una grande finestra con una veneziana. La cucina, come la cappella, era molto ordinata. Il mobilio aveva un'aria nuova e linda, il soffitto era appena stato ridipinto e, in un angolo, vide un fornello a due fuochi e un forno: tutto il necessario per una cena dopo il sermone. Soltanto il tavolo, disseminato di briciole, sembrava trascurato. E, in mezzo al tavolo, un mazzo di tarocchi era stato dimenticato a faccia in giú. Accanto alle carte c'era una piccola Bibbia aperta, e Rachel notò un paio di righe sottolineate in rosso. Provò a inclinare la testa di lato per leggerle, ma prima che ci riuscisse Ruth posò una tazza di tè sul tavolo.

Rachel la ringraziò e aspettò che si sedesse anche lei. — Diceva che pregava di essere guidata. Voi pregate un dio o cosa?

Ruth sorrise, ma non con gli occhi. — Lo stesso Dio di tutti gli altri. Non siamo soltanto un gruppo di mattoidi, sai. Leggiamo la Bibbia, la parola di Dio e tutto quanto. — Fece una pausa e fissò la Bibbia aperta con aria assente. — Solo che a volte ne diamo una nostra interpretazione particolare.

Forse ne aveva una anche per la frase sottolineata in rosso. Finalmente, allungando il collo, Rachel era riuscita a leggerla chiaramente. Era un brano di Giobbe:

Che cosa? Dovremmo ricevere solo il bene dalla mano di Dio, e non il male?

Rachel aveva appena finito di leggerla, quando Ruth tese una mano e chiuse il libro di scatto. Persino quel semplice gesto sembrò uno sforzo troppo grande per lei. Per un momento la sua mano rimase sulla Bibbia.

— Questi sono tempi difficili — disse poi, fissando Rachel con aria severa. — A volte si sente il bisogno del conforto della preghiera e della parola di Dio per tirare avanti.

Rachel annuí, come se capisse perfettamente a cosa si riferiva Ruth. — Però domenica non avrebbe parlato cosí. Quel giorno sembrava davvero elettrizzata. Che cos'è successo, da allora?

— Credo che tu lo sappia — rispose Ruth. — O almeno che tu ne abbia un'idea. Altrimenti non saresti qui.

Rachel sorseggiò lentamente il tè. Era troppo leggero e troppo dolce, ma almeno era caldo. — Stiamo entrambe pensando al signor Stands, suppongo — disse.

— Entrambe siamo preoccupate per lui — precisò

Ruth. — È a causa sua che mi hai telefonato, vero? Be', immagino che il mio aspetto ti abbia sconvolta, ma è tutta colpa sua. Non sono a dieta, ma da domenica ho perso due chili e non ho chiuso occhio.

— Nessuno di noi ha dormito molto, ultimamente.

— È *lui* — continuò Ruth. — Mi sta prosciugando. Lo fa con tutti noi, qui, ci priva delle nostre forze e le usa per i suoi scopi. — Scosse la testa, furibonda. — Quando penso a come ho trattato Viv, a come ho ignorato i suoi avvertimenti! A lei non è mai piaciuto, sai. Me lo diceva, ma io non l'ascoltavo. Siamo stati imbrogliati, tutti quanti. Ci ha impedito di capire che cosa aveva davvero in mente, facendoci credere che la sua presenza fosse una benedizione. Spero soltanto che Viv possa perdonarmi.

— Di sicuro si renderà conto che non è stata colpa sua — la rassicurò Rachel.

— In un certo senso lo è stata. L'ho incoraggiato io, a farsi coinvolgere. L'ho invitato nella nostra chiesa. E lui è venuto e ci ha parlato e ci ha dato speranza; ci ha parlato dell'avvenire, del futuro e ci ha detto che ci sarebbe bastato desiderare una cosa e crederci perché si realizzasse. Era tutto cosí semplice, secondo lui. — Ruth fece una pausa e posò le mani intrecciate davanti a sé. — Probabilmente non ho bisogno di spiegarti quali sono le cose che desideriamo di piú. Un futuro per la nostra città, un lavoro per i nostri ragazzi. E tantissima...

S'interruppe e si mordicchiò le labbra, evitando lo sguardo di Rachel.

— Continui. È importante.

— Be', tantissima gente viene qui per ritrovare i propri cari defunti. Hanno bisogno di conforto. Hanno perduto il marito, o un figlio, e non riescono a rassegnarsi alla loro scomparsa. Vogliono essere rassicurati. Credere che un giorno li ritroveranno. La cosa che piú desiderano è sapere cosa c'è dopo, nell'aldilà. In fondo al cuore, immagino, tutti noi vorremmo credere che è un luogo di pace, che là i nostri cari sono felici. E *tutti* vorremmo riaverli con noi, sani e salvi, a meno che — aggiunse con una risatina secca — non causino piú guai di quand'erano vivi.

— Era di questo che vi parlava Stands? La città, il suo futuro, i parenti che avevate perduto?

— Non si limitava a parlarne. No, faceva molto di piú. Si esprimeva come... Be', come un profeta. Come se riuscisse a vedere nei nostri cuori, come se sapesse di cosa avevamo bisogno. Ognuno di noi. Parlava di Paddy, il marito di Molly Richardson, come se lo conoscesse alla perfezione. Paddy è morto in quella terribile inondazione della miniera... ormai saranno passati dieci anni. Molly non ne ha mai parlato molto, si è tenuta tutto per sé, ma ora giura che Paddy va a trovarla ogni notte da... dal giorno della fiera. Vedi, in fondo Molly ha sempre desiderato riaverlo accanto...

— E ora il suo desiderio è stato esaudito.

— Esatto. Ha riavuto suo marito, ed è terrorizzata. Perché? Perché lui non è piú lo stesso... e del resto, come potrebbe esserlo? Secondo me, è tutta opera di Stands. È stato Stands a farlo tornare.

Rachel bevve un altro sorso di tè, ma senza sentirne il sapore. Aveva l'impressione che le pareti le si stringessero attorno e la voce di Ruth si allontanasse. L'aria nella stanza aveva un odore leggero, ma sgradevole, strano. Possibile che Stands fosse arrivato a *tanto*? E perché avrebbe dovuto?

— Vedi — continuò Ruth — credo che Molly non sia diversa da tutti noi. Speriamo e desideriamo le cose senza pensare veramente alle conseguenze. A volte, quando esprimiamo un desiderio, lo facciamo soltanto per egoismo e non ne otteniamo niente di buono. Ogni sogno ha il suo lato oscuro.

— Lo so... — cominciò Rachel, e stava per continuare quando Ruth le fece cenno di tacere.

Guardava con aria preoccupata le strisce colorate appese alla porta che separava la cucina dalla cappella. Forse aveva sentito qualcosa, o si aspettava di sentirlo; i suoi occhi s'incupirono. E mentre Ruth fissava le strisce, Rachel fissava lei, sperando che le spiegasse cos'era quel rumore. Ora lo sentiva anche lei: un suono soffocato nella stanza accanto... dei passi sulla moquette morbida, forse. Poi i passi, se lo erano, si fermarono davanti alla porta. Rachel trattenne il respiro, sentí qualcuno prendere fiato, una figura si delineò sulla soglia, comparve una faccia e le strisce si separarono.

Ruth sorrise. — Bene — disse, lanciando un'occhiata alla ragazza — è questo il tuo amico, vero?

Jules entrò con il biglietto di Rachel ancora stretto in mano. Era pallido e leggermente scosso e all'inizio ebbe occhi soltanto per Rachel. Lei annuí, per fargli capire che andava tutto bene.

— Certo che questo posto è notevole — disse poi, rivolto a Ruth.

— Oh, parli dell'ingresso e delle scale. Era cosí quando abbiamo comprato la casa. La stiamo ancora ristrutturando, ma è un lavoraccio: ci vogliono piú soldi del previsto. Perché non ti siedi... ehm...

— Jules.

— Sembri intirizzito.

— Hai la faccia di uno che ha appena visto un fantasma — aggiunse Rachel.

— Ci sono andato vicino. Ho visto Dave Brookman.

Si scambiarono qualche informazione mentre Ruth serviva dell'altro tè troppo leggero e troppo zuccherato. Alle cinque, la luce che penetrava dalla veneziana aveva cominciato ad affievolirsi; troppo presto, dal momento che era estate, ma ormai quella non era piú una vera estate. Jules parlò di Brookman, della loro corsa in auto con Stands e della faccia dietro la maschera dell'uomo-ombra... la faccia che aveva fatto impazzire Brookman.

Poi ascoltò la storia del ritorno di Paddy Richardson, e gli tornarono in mente di nuovo quelle parole terrificanti: «*Se volesse, potrebbe fare resuscitare i morti...*»

Un paio di volte notò che Rachel annusava l'aria, ma quando la guardò con aria interrogativa, lei si limitò a scuotere perplessa la testa. C'era qualcosa che non andava? Le strinse le mani sotto il tavolo. Cercando conforto e intrecciando le dita alle sue, Rachel portò le loro mani sul ripiano di formica, in bella vista.

— Sembrate proprio una bella coppia — commentò Ruth, guardandoli.

Perché quell'osservazione lo fece sentire triste? In un'altra situazione sarebbe diventato rosso come un pomodoro, ma ora, con Rachel, non provava alcun imbarazzo; però quand'erano insieme c'era una specie di tristezza, anche quando lei sorrideva. Ne era certo: tutto era cominciato la sera dopo la fiera, accanto al terreno fabbricabile di West End Lane. Ma si sforzò di dimenticare quello che lei aveva detto. Non doveva aspettarsi che andasse tutto storto, altrimenti sarebbe successo davvero. Era Stands che lo spingeva ad aspettarsi il peggio.

Cercando di concentrarsi, guardò Ruth e si chiese da quanto tempo stesse parlando.

— ... è quello che chiamiamo fede — diceva ora. — Qui, quando parliamo di fede, parliamo di credere che qualcosa accadrà; non lo mettiamo in discussione, ci crediamo e basta.

— Anche con Stands funziona cosí — osservò Rachel. — Se crediamo che possa cambiare questa città, allora sarà in grado di farlo! Piú crediamo nel suo potere, piú lo rafforziamo.

— Esatto — confermò Ruth. — Ogni desiderio aumenta il suo potere. Non avete notato che, appena arrivato, ha cominciato con piccoli miracoli e via via ne ha compiuti di sempre piú grandi? Appena abbiamo cominciato a credere in lui, è diventato piú grande, piú forte, capace di fare cose sempre piú importanti. *Ecco* perché mi sento responsabile: perché l'ho ospitato alle nostre funzioni, l'ho invitato alla fiera, l'ho messo in contatto con tutte quelle persone innocenti... — Scosse la testa, furiosa con se stessa.

— Tanto varrebbe dare la colpa a tutta la città — obiettò Jules. — A tutti quelli che avevano un desiderio segreto... e credo che questo riguardi quasi tutti noi. L'abbiamo reso piú forte perché abbiamo desiderato una città migliore, una vita piú eccitante, un futuro piú roseo e cose del genere. Ma se è cosí, che cosa possiamo fare per fermarlo?

— Sí, come possiamo fermarlo? — domandò Rachel, guardando Ruth. — Non possiamo semplicemente staccare la spina e smettere di esprimere desideri.

— No, ovviamente non possiamo. Ma forse c'è un modo di... be', neutralizzarlo.

— E sarebbe?

— Un modo di rivoltargli contro il potere dei desideri. — Ruth fissò la tazza vuota, riflettendo. Poi alzò la testa di scatto. — Ho l'impressione che preferisca stare con chi si fida di lui, con chi può raggirare facilmente. Come me, per esempio. O come i bambini piú piccoli. I bambini gli interessano molto, vero?

— Sembra che anche Dave Brookman la pensi cosí — intervenne Jules. — È convinto che siano i bambini, con la loro fantasia sfrenata, a dare a Stands il suo potere.

— Anche perché si fidano di lui — mormorò Ruth; per un lungo momento sembrò persa nei propri pensieri, come se stesse analizzando uno schema di parole crociate particolarmente difficile, ma poi esclamò: — Loro non dubitano di lui, mai, giusto? Lo trattano come se fosse Babbo Natale. Credono che sia buono, gentile e simpatico e lui non lascia mai che vedano com'è... sotto. — Lanciò uno sguardo speranzoso prima a Rachel e poi a Jules. — Credete che sia perché ha *bisogno* della loro fiducia? Della loro fede? Sarebbe altrettanto potente, senza? Voglio dire, se i bambini sapessero che mostro è in realtà, se lo vedessero con i loro occhi, che cosa succederebbe? Forse la fede che l'ha reso forte potrebbe anche...

S'interruppe di botto, lo sguardo fisso nel vuoto.

Rachel annusò l'aria, si accigliò, annusò ancora. Guardò Jules, irrigidendosi.

— Che cosa c'è? — domandò lui. — Hai il raffreddore?

Lei scosse la testa. — Non senti quest'odore? Questo rumore?

— Quale odore? Quale rumore?

Scuotendo di nuovo la testa, Rachel lasciò andare la sua mano, si guardò intorno e poi indicò qualcosa: il fornello. Prima ancora che la parola le fosse uscita dalle labbra, anche Jules sentí l'odore e il rumore.

— Là! — gridò Rachel. — Gas!

Ruth si alzò e corse al fornello. Inclinò la testa, annusò e si raddrizzò di scatto, come per schivare un pugno.

— Mio Dio — esclamò, controllando le manopole. — Non è acceso! Sta uscendo dal...

Anche Rachel e Jules scattarono in piedi, e in quello stesso momento l'odore e il sibilo del gas sembrarono aumentare, riempire la stanza. Ruth cadde in ginocchio e cominciò ad annaspare sotto il fornello, alla disperata ricerca della valvola. La trovò e la chiuse con forza... ma senza risultato. Il gas continuò a uscire sibilando, mentre la puzza aumentava e diventava insopportabile.

— Lasci perdere — gridò Jules. Rachel tossiva forte e si copriva naso e bocca con le mani. — Non c'è tempo...

— Lo sapevo! — urlò Ruth. Era ancora in ginocchio e aveva uno sguardo folle. — Lo sapevo, è *lui*, non capite? È stato lui! Ne sono sicura...

— Le ho detto di *lasciar perdere*!

— Lui sa che sappiamo chi è in realtà — continuò lei, senza dargli retta. — Sa che siamo qui e cosa stiamo dicendo. È stato lui, lo so! Vuole fermarci...

— *Si muova* — insisté Jules; e poi i polmoni gli si riempirono di gas, gli occhi cominciarono a lacrimargli e gli si offuscò la mente. Attraversò di corsa la cucina e costrinse Ruth a rialzarsi. Era pesante e difficile da smuovere, e aveva uno sguardo allucinato. — Da che parte possiamo uscire?

— Vuole distruggere la nostra chiesa, tutto il nostro lavoro...

— L'uscita?

Gli indicò la porta da dov'era entrato. Rachel era ferma davanti alle strisce oscillanti, piegata in due e mortalmente pallida.

— Tutto il nostro lavoro — singhiozzò Ruth, mentre Jules cercava di trascinarla fuori da quella trappola mortale. — Tutti gli anni che ci sono voluti...

"Piantala" pensò Jules e urlò a Rachel di muoversi. La sentí tossire; intorno a loro, le pareti sembravano muoversi come se fossero fluide. Continuò ad andare avanti, sempre tenendo stretta Ruth, e proprio quando credeva che Rachel non potesse sentirlo o non fosse in grado di reagire, la ragazza riuscí a oltrepassare le strisce e ad entrare nella cappella.

Jules si affrettò a seguirla, spingendo Ruth davanti a sé. Adesso erano nella cappella: videro l'altare, le sedie di plastica, le tre porte che conducevano all'ingresso, alla strada, alla salvezza. Rachel era già a metà del corridoio, con Ruth subito dietro. E poi, mentre Jules cercava di scrollarsi di dosso le strisce colorate che gli si erano avvinghiate come viticci, la cucina alle sue spalle esplose.

La forza dell'esplosione lo scaraventò qualche metro piú avanti: quando tornò in sé, era disteso in mezzo alle sedie della terza fila, aveva capelli e vestiti bruciacchiati e una gran confusione in testa. Rachel stava correndo verso di lui, una forma indistinta circondata da una luce giallastra, la voce arrochita dalle lacrime e dal fumo.

— Jules? Grazie a Dio stai bene! — Si chinò su di lui, lo circondò con le braccia e lo aiutò ad alzarsi. Dietro di loro, la cucina si era trasformata in una fornace. — Riesci a camminare? Riesci a muoverti?

La casa si stava saturando di fumo e odore di bruciato. Pezzi del tavolo, delle sedie, del lavello e del forno erano disseminati tutt'intorno e avevano appiccato piccoli falò che ardevano allegramente. L'aria era sempre piú scura; le sedie di plastica si scioglievano, acquistavano forme nuove.

Dov'era Ruth? Jules si guardò attorno affannosamente e finalmente la vide che trafficava intorno a una porta: scrollava la maniglia, la prendeva a spallate.

Si affrettarono a dirigersi verso di lei. Ormai il calore era insopportabile, ma fra pochi secondi ne sarebbero stati fuori. Allora perché Ruth esitava? Perché si era allontanata dalla porta invece di aprirla? Arrivata in fondo alla fila, Rachel gridò: — È la porta sbagliata! È chiusa! Prova quella dopo...

Ma quando Ruth si voltò verso di loro, la sua faccia paonazza era l'immagine stessa della sconfitta. — Le ho provate *tutte*! Sono tutte chiuse!

— Impossibile — esclamò Jules, rivolto piú a se stesso che a loro, e accecato dal fumo si diresse brancolando verso la prima porta. E poi passò alla seconda, e alla terza.

Non riuscí a smuoverle neanche prendendole a spallate. Com'era possibile, visto che lui e Rachel erano entrati proprio da lí? Si appoggiò al muro, cercando di pensare, cercando di trattenere il fiato. Lanciò una rapida occhiata all'altro capo della stanza, oltre Rachel e Ruth, verso le finestre chiuse dalle tapparelle. Forse potevano uscire di là, sfondarle con le sedie... e in quell'istante un fiammeggiante muro di fuoco sbucò dal nulla, interponendosi fra lui e le finestre.

Per un istante fu sul punto di arrendersi: scivolò lungo

la parete e si afflosciò sul pavimento, ma mani forti lo afferrarono e lo scossero. C'era Rachel, accanto a lui, ma era quasi incapace di reggersi in piedi e di sicuro non sarebbe mai riuscita a sorreggere lui.

— Non cedere — gli stava dicendo. — Non arrenderti proprio adesso.

— In trappola — si sentí rispondere, ma erano parole ormai prive di senso, suoni senza significato. — Siamo in trappola, non possiamo uscire.

— Non... arrenderti...

Erano bloccati fra due porte, circondati dalle fiamme. Non potevano raggiungere le finestre né indietreggiare. Le sedie erano ridotte all'osso e la plastica colava come fango; sulle pareti, la carta da parati bruciava allegramente, riempiendo l'aria di brandelli carbonizzati. Jules chiuse gli occhi, cedendo alla disperazione, mentre Rachel gli scivolava a fianco, stringendosi a lui.

— Non è questo — la sentí sussurrare. — Non è questo il Luogo Oscuro, non può essere già finita... — E poi lanciò un urlo che lo risvegliò dal suo torpore: — Svegliati, Jules, guarda! Svegliati!

Spalancò gli occhi di scatto. Ruth era inginocchiata davanti a lui, la testa china ma gli occhi fissi su qualcosa all'altro capo della stanza. Per un momento pensò che stesse pregando, ma nessuno pregava in quel modo, con i lineamenti distorti dal terrore. Riportò lo sguardo su Rachel, e scoprí lo stesso terrore sul suo viso: bocca spalancata, occhi sbarrati e increduli. E seguendo la direzione del suo sguardo oltre le sedie contorte, verso l'altare, anche lui vide. Vide, ma non riuscí a crederci.

C'era Stands all'altro capo della stanza, sull'altare, in piedi sul rozzo palco, accanto al leggio circondato dalle fiamme che però nemmeno lo sfioravano. Niente lo sfiorava, neanche le dense cortine di fumo che si alzavano dall'altare.

Jules sentí che l'ultimo barlume di speranza lo abbandonava. Era come se quel mostro fosse spuntato dal fuoco, come se ne facesse *parte*. Indossava la sua maschera, non quella di carne putrefatta che aveva mostrato a Brookman, ma quella di Mister Simpatia, col sorriso misterioso che aveva già ingannato tanta gente. Sempre sorridendo, sollevò le mani... come, pensò Jules, uno stregone che stesse per dare inizio ai suoi incantesimi. Il suo sguardo velenoso trapassava Jules persino oltre il fumo e le nuvole grigiastre che riempivano la stanza. Dietro di lui, la carta da parati era un sipario fiammeggiante, uno sfondo perfetto per la sua esibizione.

"Eccola, la tua fede" pensò amaramente Jules, guardando Ruth che, ancora inginocchiata, tremava da capo a piedi. "Come ci aiuterà, adesso, la tua fede?" Ma non era colpa sua, non era colpa di nessuno. Era colpa dell'uomo-ombra, soltanto colpa sua.

Accanto a lui, Rachel emise un suono roco, basso, lamentoso...

Sull'altare, Stands aveva alzato le braccia ed estratto dalle fiamme e dal fumo un mazzo di fiori. Fumo nero, fiamme gialle, rose rosse. Per un attimo sorrise, soddisfatto della riuscita di quel trucco, e poi...

Via!

Lanciò i fiori verso il soffitto. Le rose rosse si trasformarono in palle di fuoco, ed esplosero: un fuoco liquido, giallo e arancio e azzurro, ricoprí il soffitto e lo inghiottí. Gocce di fuoco caddero a terra.

— Ora crederete in me? — li scherní Stands. Era lontano, poco piú di una macchia scura ondeggiante e luccicante nel calore. Sollevò una mano, tese un dito. — Ora crederete in me?

"Ho sempre creduto in te" pensò Jules "è solo che non ti voglio..."

Dal dito dell'uomo-ombra scaturí un fulmine che si scaricò a terra, sollevando una furiosa colonna di fuoco. Ancora una volta, Jules si sentí mancare, paralizzato dal calore e dal fumo. Da qualche parte, nel buio della sua mente, sentí il lamento di una sirena, sempre piú forte man mano che le forze lo abbandonavano. E poi ebbe l'illusione – non poteva essere altrimenti – che accanto all'altare Stands si contorcesse, che cambiasse forma e colore fino a trasformarsi in una delle tante furiose lingue di fuoco.

Batté le palpebre, cercando di scacciare quella visione, ma l'uomo-ombra era scomparso. C'erano soltanto la stanza in fiamme e loro tre, impotenti, addossati alla porta. "È la fine" pensò Jules istupidito. "La fine del gioco." Anche le sirene nella sua testa avevano smesso di urlare; forse anche loro si erano arrese e avevano rinunciato. Debolmente tese una mano verso Rachel. E lei lo vide e imitò il suo gesto. Le loro dita si toccarono sui pannelli roventi della porta, le loro mani s'intrecciarono. E, nello stesso istante, la porta si spaccò a metà.

Lo schianto li separò. Schegge e frammenti di legno caddero all'interno, aggiungendo combustibile alle fiamme. Jules lanciò un rapido sguardo a Rachel, e scorse sul suo viso la sua stessa espressione attonita. Poi la porta fu scossa da un secondo impatto, scricchiolò e schizzò schegge; l'apertura si allargò. Qualcosa di affilato, freddo e metallico lampeggiò, risuonò un altro schianto, un altro ancora. Si aprí una fessura, poi un varco, infine uno squarcio. Scintillò una scure.

Ci vollero pochi secondi poi la porta crollò verso l'interno, ma a Jules sembrarono un'eternità. Prima che riuscisse a credere ai propri occhi, sulla soglia comparvero delle sagome con uniformi dai bottoni scintillanti, elmetti rigidi e facce contorte. Gli ci volle ancora qualche istante per rendersi conto che erano maschere. Alcune brandivano asce, altre trasportavano lunghi tubi dalle estremità in ottone che sembravano bizzarre canne di fucile; altre ancora si scostarono quando lo videro. Dapprima Jules non riuscí a muoversi. Era incapace di trascinarsi fino alla porta. Un paio di mani guantate lo afferrarono e lo spinsero. — Fuori! — urlò qualcuno. — *Fuori!* Muoviti!

Si voltò in tempo per vedere Rachel che lo seguiva barcollando, e Ruth Parsons immobile tra le braccia di una delle sagome indistinte.

— Fuori! — gridò Rachel, ripetendo l'ordine.

E finalmente si ritrovarono fuori da quella fornace, fuori dall'ingresso che ormai stava crollando, oltre la doppia pila di sedie ai piedi delle scale e fuori dall'edificio, davanti alla meravigliosa, stupenda, fredda e bianca distesa di neve, alla cabina telefonica rosso squillante dall'altro lato della strada, ai due vermigli mezzi antincendio parcheggiati là di fronte alla casa... e alla faccia incredula di Steve Harper.

— Scusate il ritardo — disse Steve.

Capitolo ventesimo

Si riunirono tutti nella stanza di Jules: Jules e Rachel si sedettero sul letto a gambe incrociate, mentre Steve Harper – a quattro zampe, quasi prostrato davanti a una vera e propria torre di componenti hi-fi che si ergeva su di lui – spulciava meditabondo la collezione di dischi di Jules. Quand'ebbe finito, alzò la testa e lanciò all'amico uno sguardo penetrante.

— Non sapevo che tu avessi tutta questa roba.

— Neanch'io — rispose Jules.

— Immagino che quest'anno Babbo Natale sia arrivato in anticipo.

— Probabile.

Steve scosse la testa, tirò fuori un disco intitolato *Sleep No More* e si alzò cercando di capire come funzionava l'impianto stereo nuovo di zecca. Era stato lui a telefonare ai pompieri appena si era accorto che la luce in fondo alla strada non proveniva da una normale centralina elettrica. Quando non era riuscito ad aprire la porta d'ingresso si era precipitato nella cabina telefonica piú vicina... e appena in tempo!

Incredibilmente, nessuno di loro si era ustionato in modo serio. Ancora piú incredibilmente, Rachel ne era uscita indenne: aveva soltanto gli abiti bruciacchiati e adesso sembrava in forma perfetta. Quanto a Jules, se l'era cavata con niente di piú grave che qualche scottatura alla faccia e mani rosse. Soltanto Ruth Parsons aveva rischiato grosso: le esalazioni l'avevano messa fuori combattimento, e ora si stava riprendendo esattamente là dove *tutto* era cominciato: in un letto d'ospedale.

Nell'ultima ora e mezzo, la madre di Jules li aveva riforniti di caffè e panini restando stranamente silenziosa, scambiando qualche battuta con Rachel e Steve, ma senza quasi accennare all'accaduto. Jules sapeva esattamente che cosa significava: che era sconvolta, terrorizzata, disperata, e avrebbe avuto un sacco di cose da dire, ma preferiva tacere. Aveva perso una figlia e aveva rischiato di vedere suo figlio morto; le cose non andavano affatto come avrebbero dovuto. Anche il padre di Jules sembrava ammutolito dall'angoscia. Quand'era rientrato in casa, non era riuscito a dire altro che: — Grazie a Dio... grazie a Dio sei sano e salvo. — Ma aveva gli occhi pieni di domande, troppe perché fosse possibile rispondere a tutte. Piú tardi, aveva pensato Jules, ne parleremo piú tardi. Forse piú tardi avrebbe potuto raccontare loro tutto quello che sapeva di Stands.

Steve aveva capito come usare l'impianto stereo e adesso stava regolando il volume.

— Allora, in biblioteca? — domandò Jules.

— Niente — rispose Steve. — Un buco nell'acqua. Niente arretrati della stampa locale, a parte gli ultimi tre mesi, e gli archivi sono pieni di stupide notiziole mondane che si fermano al 1935.

— Anche Ruth non è stata di grande aiuto — aggiunse Jules. — Siamo al punto di partenza. Stiamo girando a vuoto.

— No, invece — obiettò Rachel. — Sono sicura che c'è qualcosa di vero in quello che stava dicendo Ruth quando parlava di provocare un corto circuito nel suo potere, di mettergli contro i bambini. È per questo che Stands ha cercato di fermarla proprio quando ha cominciato a parlare di questo. È successo tutto allora, giusto? Be' — si entusiasmò, guardando alternativamente Jules e Steve — non credete che avesse ragione? I bambini e la loro sfrenata fantasia... è questa la chiave. Se Ruth ha visto giusto, se la facoltà di esprimere i desideri potesse essere usata contro di lui... potremmo aver trovato il suo punto debole. — S'interruppe e scrutò i due ragazzi, in attesa di una reazione.

— Potresti avere ragione — ammise Jules. — Potrebbe essere il suo punto debole. Però non abbiamo ritrovato Laurie. Non abbiamo fatto un solo passo avanti.

— Disfattista.

— Già.

— Non dire cosí — intervenne Steve Harper. — Non abbiamo ancora cominciato, e sei già pronto ad arrenderti.

— Scusa. Hai ragione. Come sempre.

— Come sempre — confermò Steve, guardandosi attorno per cercare un posto dove sedersi. Alla fine scelse una sedia che stava di fronte alla finestra e sul cui schienale era appesa una giacca di Jules.

Mentre guardava Steve trascinare la sedia verso il letto, Jules non poté fare a meno di ripensare a quella mattina all'ospedale, quando aveva fatto visita alla nonna; tutte quelle facce rugose e quei capelli bianchi, tutti quei vecchi che agitavano le mani e cinguettavano come bambini. D'un tratto riuscí quasi a vedere la città trasformata dall'uomo-ombra: i vecchi sarebbero ringiovaniti, i bambini di sei anni sarebbero diventati sedicenni, chi lo desiderava avrebbe ricevuto una promozione e sarebbe passato dalla sua casetta di mattoni rossi a un'enorme villa di marmo bianco. Al momento nessuno sembrava soddisfatto di quello che era o di quello che aveva, ma Stands poteva cambiare la situazione. Poteva farli tornare a sorridere, trasformare le loro vite, tramutarli tutti in perfetti zombi sorridenti. Se era questo che volevano.

— Che roba è? — si sentí chiedere da Steve Harper.

Mentre tirava la sedia verso il letto, dalla giacca appesa allo schienale era caduto qualcosa. Il "Courier" della settimana precedente, quello che Rachel aveva dimenticato nel bar e che Jules si era infilato in tasca.

— Gettalo via — rispose Jules, indicando il cestino della carta straccia.

Steve annuí, raccolse il giornale e si sedette. — Un momento. — Si sistemò sulla sedia e cominciò a sfogliarlo distrattamente.

Jules si stese sul letto, ondeggiando al ritmo della musica, mentre Rachel muoveva a tempo un piede.

All'improvviso Steve Harper fece un salto sulla sedia e batté una mano sul giornale con tanta energia che quasi lo stracciò.

— Guardate! — gridò, lanciandolo a Jules. — È questo che stavamo cercando? — Poi, piú calmo, aggiunse: — Credo di sí.

Rachel allungò il collo per vedere meglio mentre Jules apriva il giornale sul letto. Dapprima vide soltanto notizie ormai superate: DOMENICA S'INAUGURA LA FIERA: PREVISTA UN'ONDATA DI CALDO. E poi un titoletto che sembrava troppo pericolosamente familiare: RUBATA UN'AUTO, ma si parlava di una Citroën blu in Beech Street, niente a che fare con una Vauxhall e tantomeno con una Mercedes.

E finalmente individuò un articolo nella metà inferiore della pagina. Lo lesse due volte, senza osare nemmeno respirare:

COMMEMORAZIONE PER IL 29

Sarà organizzata una commemorazione per le vittime del peggiore disastro minerario nella storia di Eastfield. La cerimonia, che si svolgerà il 29 di questo mese, ricorderà i quattordici minatori che dieci anni fa persero la vita nell'inondazione della miniera.

I parenti dei defunti hanno chiesto una cerimonia pubblica, anziché privata, per quella che alcuni hanno definito la "commemorazione dell'anniversario". La cerimonia si terrà alla chiesa di All Saints e interverranno, tra gli altri...

Quando rialzò gli occhi, l'aria nella stanza sembrava carica di elettricità. La percepiva sulle braccia, le gambe e la nuca, una vibrazione e una tensione nervosa. Di qualunque cosa si trattasse, sulle facce di Steve e di Rachel riconobbe la stessa meraviglia venata di paura. Era questo? Era questa l'esca che Stands gli aveva preparato? E quel maledetto giornale gli era rimasto in tasca per tutto quel tempo?

— Pensi anche tu quello che penso io? — domandò Steve.

— Non ne sono sicuro. Tu che cosa *pensi*?

— La miniera — disse Steve. — Non la chiesa, ma la miniera. Lui è là sotto. Da qualche parte laggiú, nella miniera.

— Il Luogo Oscuro — sussurrò Rachel, cosí piano che né Steve né Jules la sentirono.

PARTE TERZA

Colui che esaudisce i desideri

Capitolo ventunesimo

Alla miniera si poteva arrivare in due modi. In auto, percorrendo la strada piatta e stretta che andava dall'estremità di Station Lane al cancello principale e che, durante lo sciopero dei minatori, era stata cosparsa d'olio, disseminata di chiodi e sorvegliata da un picchetto. Se si passava di là, si poteva ancora vedere lo scheletro di un'auto bruciata sul ciglio della strada, in un fosso di fronte ai campi.

L'altra strada era piú breve, ma tutta in salita: un sentiero sconnesso e ora ricoperto di neve che serpeggiava su per un campo – solitamente usato come discarica – dietro il quartiere di Church Hill. Mentre arrancavano su per la salita, Jules, Rachel e Steve Harper videro la miniera – circondata da quelle che sembravano basse colline candide, ma erano in realtà materiali di scarto ricoperti di neve – diventare sempre piú grande e la città alle loro spalle sempre piú piccola.

E piú la miniera si avvicinava, piú Jules si sentiva a disagio. Stands era lassú, insieme a Laurie, e aspettava la cerimonia di commemorazione per i minatori, in programma il giorno successivo. Se non riuscivano a trovarlo subito, e a fermarlo, sarebbe stata la fine. Erano quasi arrivati al cancello quando Steve Harper si fermò e gli diede una gomitata.

— Ascolta — disse.

— Guarda — aggiunse Rachel.

Silenziosi, ascoltarono e guardarono: tre figure minuscole, quasi sperdute su quella distesa bianca spazzata da folate gelide. Perché il vento portava con sé uno stridore, un cigolio di macchinari, uno sferragliare di metallo su metallo che a Jules ricordava il rumore dei treni nella notte. In alto, sopra di loro, molto al di sopra della miniera, una grande ruota girava lentissima, senza mai fermarsi.

— Cos'è? — chiese Rachel. — Come si chiama quella cosa?

— È un montacarichi — le spiegò Steve. — Una specie di ascensore che usano per scendere nelle gallerie. Una volta mio padre mi ci ha portato, prima che lo mettessero in cassa integrazione.

— Prima che mettessero tutti in cassa integrazione — precisò Jules.

— Io quel suono lo conosco — disse Rachel.

— Dove l'hai sentito? — le domandò Steve.

Senza rispondergli, lei guardò Jules. — È questo il posto, vero?

— Se non lo è — rispose Jules — allora chi sta facendo funzionare quell'affare?

— Ci siamo — disse Steve, sollevò una mano e avvicinò pollice e indice. — Ci manca *tanto cosí*. Lo sentite anche voi?

Jules annuí. Lo sentiva. Era quello il pensiero che lo rodeva, gli stringeva lo stomaco. C'era soltanto una cosa peggiore della possibilità di non trovare Stands, ed era trovarlo. "Che cosa faremo, se *è* qui?" pensò. "Che cosa *possiamo* fare? Non siamo venuti fin qui per darcela a gambe, questo è certo; non siamo venuti per arrenderci."

Il cancello era costituito da sbarre di ferro battuto che si assottigliavano in punte acuminate ed era chiuso da un lucchetto robusto. Però la catena che univa i battenti era abbastanza allentata da permettere loro di sgusciare dentro, Rachel per prima e Steve per ultimo.

Il cortile oltre la cancellata sembrava il regno di un ferrovecchio. C'erano mucchi di macchinari rotti e arrugginiti, spirali di corda simili a serpenti addormentati, un vagoncino che assomigliava a una vasca da bagno rovesciata e lunghe file di binari che non portavano da nessuna parte. Quasi tutte le costruzioni erano macchie basse e grigie con squarci di mattoni rossi visibili sotto la sporcizia, e il sottile strato di neve sul terreno era chiazzato di polvere di carbone. In alto, la grande ruota continuava a girare e a cigolare e per un istante Jules ebbe la sensazione di trovarsi in un luna park stregato.

— Sta salendo o scendendo? — domandò Rachel.

Steve guardò il montacarichi e alzò le spalle.

— Chi credete che lo stia usando? — insisté lei.

— Preferisco non pensarci — rispose Steve. — Immagino che lo scopriremo fin troppo presto.

— E ora? — chiese Jules. — Cerchiamo un modo per scendere?

— Prima sarà meglio dare un'occhiata in giro — suggerí Steve. — Dobbiamo procurarci maschere e lampade. Laggiú sarà pieno d'acqua e di gas. Credo che abbiano spento tutte le pompe e il sistema di ventilazione.

— I tuoi genitori sanno che siamo qui? — domandò Rachel a Jules, mentre seguivano Steve attraverso il cortile e oltre una segheria dal tetto piatto e piccole finestre buie.

Jules scosse la testa.

— Ho raccontato loro tutto il resto, ma non questo. Insomma, non eravamo sicuri che fosse il posto giusto...

— Ma ora lo sappiamo.

— Già.

— Credi che dovremmo chiamare la polizia, prima di proseguire?

— Credi che farebbe differenza?

Rachel alzò le spalle. — Non possono fare niente. Nessuno può fare niente per cambiare le cose. — Gli afferrò ansiosa una mano. — Credo che ci siamo, Jules. È qui che mi portavano i miei sogni. Finiscono qui.

Jules distolse lo sguardo da lei, sforzandosi di bloccare i pensieri che gli affollavano la mente. Se qualcosa fosse andato storto, nessuno li avrebbe mai piú ritrovati. Sarebbe stata la fine, per loro. Ma no, doveva smetterla di fare il disfattista; la miniera era inattiva solo da poche settimane e, anche se era tutto chiuso, doveva essere sicura. Gliel'aveva detto Steve, e di solito Steve sapeva di cosa stava parlando. Ancora una volta si stava preoccupando per se stesso, invece di pensare a Laurie, sola là sotto, nelle tenebre, insieme all'uomo-ombra; come poteva essere cosí egoista?

Steve li stava aspettando sulla soglia di un edificio, piatto e anonimo come tutti gli altri.

— Qualcuno vuole farsi una doccia? — chiese, mentre lo seguivano all'interno.

La stanza delle docce era ricoperta di piastrelle bianche dal soffitto al pavimento e mandava un odore di acqua stagnante. Dal soffitto sbucavano file di docce su cubicoli senza porte, e una sgocciolava monotona, creando un'eco sulle piastrelle. Attraversarono il locale scivolando sulle scarpe bagnate ed entrarono nella minuscola stanza accanto, tappezzata di armadietti.

Le serrature erano state quasi tutte scassinate. Steve cominciò a spalancarli e ad estrarne il contenuto. Trovarono due paia di anfibi dalla punta rinforzata, un pettine di plastica, parecchie tute blu stinto che, cadendo sul pavimento, sollevarono sbuffi di polvere nera.

— Prendete — esclamò Steve lanciando a Jules e a Rachel due caschi bianchi.

Quando Rachel si provò il suo, scoppiò a ridere: le arrivava quasi agli occhi.

— Carina — disse Steve. — Sembri un cane pastore con la frangia.

— Grazie — rispose Rachel; ne provò un altro, ma il risultato non fu migliore.

In un armadietto Steve trovò uno zaino color cachi e se lo mise in spalla con aria soddisfatta. — Per metterci dentro l'attrezzatura, se la troviamo — spiegò. — Preferite gli anfibi o le tute?

Jules scosse la testa.

— Non mi ci vedo — disse Rachel.

— Allora provati queste ginocchiere — suggerí Steve, lanciandogliele. — Se dovessimo strisciare, ti faranno comodo.

— Di che altro abbiamo bisogno? — domandò Jules.

Steve ci pensò su. — Forse hanno portato via tutto. Se siamo fortunati, potremmo trovare qualche lampada per i caschi. Poi ci servirebbero batterie a cintura e mascherine antipolvere, e credo che si portassero dietro anche la maschera antigas per le emergenze. E utensili... martelli, scalpelli, qualunque cosa: dovremmo trovarli nell'officina. Ma se non trovassimo niente — aggiunse — faremmo meglio a rinunciare. Non sarebbe prudente.

— Non sarà prudente comunque — osservò Jules.

Dopo la stanza degli armadietti, arrivarono a una parete piena di scomparti dov'erano infilate maschere antipolvere di gomma nera. Steve si fermò, le esaminò e scelse le piú nuove e pulite.

— Il laccio va passato sopra la testa, cosí — spiegò, infilandosene una — e poi la sistemate sul naso e sulla bocca.

Si tolse la maschera e la infilò nello zaino insieme ad altre due.

Pochi secondi dopo tornarono al cielo pallido e al cigolio dei macchinari. Mentre Steve cercava l'officina, Jules rimase con Rachel sulla soglia di un edificio prefabbricato con le finestre rotte, al cui interno non c'erano che polvere e sassi: forse un tempo quella era stata la mensa.

— Stavo pensando... — disse, guardando Rachel e sentendo una tristezza amara opprimergli nuovamente il petto. — Forse faresti meglio a restare quassú, mentre noi scendiamo. Sarebbe piú sicuro.

— Ah-ah — sorrise lei. — Non sarà mica una di quelle stupide storie sul sesso debole e "questo-è-un-lavoro-da-uomini", vero? Posso farcela, Jules, te lo garantisco.

— È solo che sarebbe piú sicuro. Non voglio che Stands possa farti del male.

— È un po' tardi, non credi? Ha già fatto del male a tutti noi. — Nei suoi occhi comparve ancora quello sguardo lontano, come se scorgesse qualcosa che lui non riusciva a vedere. — *Devo* venire, capisci? Non credo di avere scelta.

Jules non ribatté, ma solo perché il terreno sotto i loro piedi aveva cominciato a vibrare e tremare come se fosse stregato. Era incredibile, sembrava che il vecchio pozzo continuasse a lavorare, lo sentiva fremere, se lo sentiva nelle braccia e nelle gambe gelate, nelle ossa; i vecchi congegni erano tornati in vita. Si mise in ascolto, e la terra vibrò.

Possibile? Verso la fine, prima della chiusura definitiva, i minatori avevano passato le ultime settimane riportando in superficie tutto l'equipaggiamento sotterraneo. In teoria, là sotto non dovevano esserci altro che tenebre e un labirinto di gallerie. Poi ricordò le parole di Stands, quel giorno alla fiera, quelle parole che sembravano portatrici di buone notizie ma non lo erano affatto:

«Quando avrò finito qui, la gente lavorerà di nuovo... Tutti potranno vivere bene...»

Era cosí che aveva intenzione di fare rifiorire la città, riaprendo la miniera e rendendola di nuovo produttiva? Dopotutto, non era quello che tutti in città si auguravano? Ma certo. Quelle facce scontente che si vedevano per le strade si sarebbero illuminate come per magia al primo accenno di lavoro. Da quelle parti, la felicità significava un milione di tonnellate di carbone l'anno; senza quelle, Eastfield non era piú di una città fantasma.

All'improvviso, il montacarichi smise di cigolare. Jules intravide un movimento rapido lí vicino: era Steve Harper, e faceva loro cenno di avvicinarsi.

— Che significa? — chiese Rachel quando l'ebbero raggiunto, indicando il montacarichi.

— Può significare che la gabbia è scesa completamente — rispose Steve, barcollando sotto il peso dello zaino rigonfio. — Oppure è risalita e aspetta di portarci giú.

— Che il Cielo ce la mandi buona — gemette Jules. — Credi che lui ci *voglia* laggiú? Credi che ci stia invitando?

— Forse. Il capo è lui, no?

— Be', spero almeno che tu abbia lucidato il tuo crocifisso — mormorò Jules.

Ma lo disse senza allegria, e nessuno rise. Anche Steve Harper sembrava non avere piú tanta voglia di ridere.

C'era un'ultima cosa da fare. In una baracca accanto al pozzo trovarono alcune lampadine per i caschi, batterie da cintura e un paio di lampade a olio in ottone, di quelle che si trovano appese nei pub o si usano per decorare i caminetti. Tutta roba vecchia, ma che ancora funzionava. Le lampade a olio, spiegò Steve, venivano usate per controllare le perdite di gas; si accendevano prima di scendere e, se la fiamma si affievoliva o si spegneva, bisognava indossare in fretta la maschera di sicurezza.

Quando ebbero finito, uscirono dalla baracca, immergendosi nel vento tagliente e nel rombo dei macchinari in azione, e si fermarono di fronte all'edificio accanto al pozzo, uno squadrato blocco grigio sotto la grande ruota. L'entrata, un'ampia soglia oscura senza porta, dava su gradini di cemento che scomparivano nell'ombra. "La bocca del mostro" non poté fare a meno di pensare Jules.

— Sei sicura... — cominciò.

— Ssshhh — sibilò Rachel, e poi gli scompigliò i capelli. — Io vado. Non provare a fermarmi.

I gradini gelati erano scivolosi sotto i piedi, e le pareti di un disgustoso verde melma. In fondo alla rampa svoltarono in un corridoio ricoperto di piastrelle simile a una galleria e all'improvviso si ritrovarono ad accelerare il passo, inciampando nella penombra. L'aria era molto piú fredda, piú fredda persino del vento, e sembrava risucchiarli, trascinarli. La luce del giorno era scomparsa alle loro spalle e davanti c'era soltanto...

— Perché c'è qualcosa che ci trascina avanti? — boccheggiò Jules. Stava quasi correndo, ormai, non riusciva a controllare le gambe.

— Il risucchio, credo — rispose Steve. — Viene dal cunicolo, fa l'effetto di un aspirapolvere.

Jules proseguí barcollando. Ma non era soltanto quello, no? Forse era il cunicolo a risucchiarli, ma forse era Stands. "Come mosche verso la ragnatela" pensò Jules tremando. "Come agnelli..."

Doveva smetterla di lasciarsi prendere da simili pensieri. Non era il momento di pensare, ma di agire; non doveva temere il peggio, o avrebbe fatto il gioco dell'uomo-ombra; doveva restare calmo e concentrarsi su Laurie, soltanto su di lei.

E poi la gabbia si parò davanti a loro, in attesa, sospesa a due funi che uscivano da un foro nel soffitto. L'enorme sportello di rete metallica era già spalancato, simile a una bocca sbadigliante. Dentro non c'era nessuno. Dunque Steve aveva visto giusto: il montacarichi era salito, non sceso, e voleva portarli con sé.

Si fermarono incerti, esitanti, davanti alla gabbia. In alto, sopra di loro, echeggiò un lieve scricchiolio di pulegge.

— Come funziona quest'aggeggio? — chiese Jules a Steve.

— Da qualche parte c'è una sala comandi. Di solito ci

lavora un operatore, ma io non saprei cosa fare. Forse dentro c'è un pulsante o roba del genere — aggiunse facendo un passo avanti.

Dopo un momento ne fece un altro. Poi entrò.

Prima che Jules potesse fermarla, Rachel lo aveva seguito, infilandosi decisa il casco fuori misura.

— Puoi venire anche tu, se vuoi — disse, lanciando un'occhiata a Jules.

— Te lo chiedo per l'ultima volta... — cominciò Jules, ma Rachel scosse lentamente la testa, troncandogli le parole in bocca. Era inutile discutere. Rassegnato, anche Jules entrò nel montacarichi.

— Non vedo comandi — stava dicendo Steve, esaminando le pareti nude. — Non so cosa fare. — Irritato, tirò un pugno all'involucro di metallo che racchiudeva la gabbia, facendolo rimbombare come un gong.

E proprio allora lo sportello precipitò. Chissà come, Steve doveva averlo intuito, perché si allontanò di scatto dalla parete. Lo sportello piombò verso il basso come una ghigliottina; l'impatto fece oscillare la gabbia, suscitando un'eco assordante, interminabile. Sopra di loro, la carrucola cigolò.

— Ci siamo — disse qualcuno, e Jules non seppe dire chi. Forse era stato lui.

Si sentiva la bocca secca e la lingua asciutta come carta vetrata. Il cuore gli batteva impazzito, ma non riusciva a sentirlo per il fragore degli ingranaggi e il sibilo delle pulegge.

Ormai, la gabbia era circondata da un'oscurità gelida e umida. Era accaduto tutto troppo in fretta e l'improvviso salto nel buio lo terrorizzò al punto da strappargli un grido. Brancolando alla cieca, trovò l'interruttore della lampada sul casco e lo azionò; assurdamente, gli tornò in mente lo striscione sbrindellato che aveva visto alla fiera durante il temporale: "*Sia fatta la luce*" diceva.

E nell'oscurità si *fece* luce, la luce del suo casco e

della lampada a olio che Steve stava accendendo. “Ma non è ancora abbastanza” pensò.

Stavano scendendo nel Luogo Oscuro. All’improvviso si rese conto di qualcosa che fino allora non aveva capito, qualcosa che appena un’ora o cinque minuti prima non avrebbe mai creduto.

Non avevano mai avuto bisogno di cercare Stands. La caccia era finita prima ancora di cominciare. Era Stands che li stava conducendo da lui.

Capitolo ventiduesimo

— Hai sentito? — esclamò Rachel.

— Che cosa?

Silenzio.

Mentre la gabbia scendeva, l'oscurità li avvolgeva sempre piú fitta e la vena di carbone si avvicinava, anche Jules cominciò a sentire qualcosa, al di sopra dello stridore del montacarichi e dello scricchiolio delle funi. Sentí il silenzio. Il rombo delle macchine sotterranee era cessato.

— Perfino quelle maledette macchine ci stanno aspettando — mormorò.

Uscirono nel pozzo oscuro e umido, dove l'aria sembrava piú spessa di una tela di sacco. Prima ancora di muoversi, Jules percepí il sapore della polvere, la sentí otturargli il naso. Rachel stava cercando d'indossare la maschera. Quando la guardò, la luce della sua lampada lo accecò, ricordandogli qualcosa: un sogno forse, creature urlanti con un occhio solo, spettri che lo inseguivano, che strisciavano verso di lui. Adesso capiva: non occhi da ciclope, ma raggi simili a quelli proiettati dai loro caschi. Era un sogno, o qualcosa che aveva visto chissà dove... forse in un film? Non ricordava, ma probabilmente non aveva importanza. Rachel mosse di nuovo la testa, e la visione scomparve.

— Da che parte andiamo? — domandò con voce roca.

— Proviamo da questa — suggerí Steve, e si avviarono. Si trovavano in una specie di rete di passaggi che collegavano le vene di carbone. Nella stretta galleria davanti a loro c'era soltanto oscurità e forse una curva a L, o un altro passaggio. Nel fascio di luce proiettato dalle lampade, gocce argentee cadevano a ritmo regolare. Mentre procedevano, alzavano nuvole di polvere. Era questo che tutti gli scavabuche di Eastfield avevano desiderato? Volevano davvero tornare a *questo*?

Jules se lo chiese sbigottito.

Forse era vero; forse era proprio questo che *volevano*. Dopotutto era la loro vita, la sola che conoscevano. Ma nessuno di loro poteva sapere quanto male poteva nascere dall'avverarsi dei loro desideri. Era facile lasciarsi ingannare, quando si desiderava davvero qualcosa.

Il passaggio finí e ne imboccarono un altro che echeggiava degli scricchiolii e dei gemiti delle travi del soffitto. Adesso dovevano proseguire chini, e di fronte a loro la polvere formava uno schermo che rifletteva la luce delle lampade. La visibilità era inferiore ai due metri; forse l'uomo-ombra era lí vicino, nascosto, e rideva di loro.

— Perché non si fa vedere? — sussurrò Jules. — Ci ha praticamente invitati qui, no? Allora perché non si fa vedere?

Ma era una domanda senza risposta. Continuarono a camminare finché Jules sbatté un piede su qualcosa di duro: avrebbe fatto meglio a usare gli anfibi dalla punta rinforzata. Ci volle un po' prima che il dolore gli saettasse, come una scossa elettrica, dalla punta del piede al ginocchio. Imprecò, saltellando su una gamba.

— Guardate! — disse Steve Harper, distraendolo dal dolore.

Abbassarono tutti lo sguardo, e la luce fissata sul casco illuminò le traversine: avevano raggiunto l'inizio – o la fine – dei binari.

— E vedete laggiú? — aggiunse Steve. Indicò il cunicolo, bloccato da una massa solida e scura. — A quanto pare, abbiamo trovato un mezzo di trasporto.

Si avviò e Jules lo seguí zoppicando, con Rachel al fianco.

— Vuoi che ti faccia da stampella? — gli chiese.

— Sopravviverò.

— Ecco lo spirito giusto. Pensa all'Inghilterra. Pensa a Eastfield.

Raggiunsero gli ultimi vagoni del piccolo treno, formato da vasche piene di carbone alternate a vagoncini con sedili per i minatori. E dovevano essere stati minatori molto bassi e ingobbiti, o avrebbero sbattuto la testa contro il soffitto.

— Usa un sistema di traino a corda — spiegò Steve. — Niente motore e niente conducente. Da qualche parte lungo il binario c'è una scatola di controllo, e il meccanismo viene manovrato da una sala comandi in superficie. Bastava premere il pulsante di partenza e *via*! Comunque, ora non possiamo farlo. Non c'è nessuno che...

— Ma non dobbiamo fare *niente* — disse Rachel.

La guardarono, anche se il suo viso era invisibile dietro il ciclopico occhio lucente.

— Secondo me, ci basterà sederci là dentro — continuò lei — e *lui* penserà al resto. Non c'è stato bisogno di nessuno per azionare la gabbia, giusto?

Da qualche parte un architrave cigolò, lasciando sgocciolare acqua nera.

— È stato lui a farci arrivare fin qui, giusto? — insisté Rachel.

Senza rispondere, Steve issò lo zaino nel vagoncino e vi salí, subito imitato da Jules e da Rachel. Rimasero seduti immobili, tutti e tre, ma per un po' non successe niente.

"Forse siamo degli stupidi" pensò Jules. Rachel si stava togliendo la maschera antipolvere per pulirsi la bocca. "Forse stiamo ingannando noi stessi, come Laurie e

Ruth Parsons... Forse gioca con noi come il gatto col topo, prima di sferrare il colpo di grazia..."

— Oh-oh — borbottò Steve; Jules alzò lo sguardo, e vide la fiammella della lampada a olio tremolare e affievolirsi. E non era un'impressione sua, perché Steve la fissava come se da quel bagliore giallastro dipendesse la sua stessa vita.

— Forse dovremmo cercare di uscire da... — cominciò Jules, e poi s'interruppe mentre la fiammella sobbalzava e si spegneva, come pure la lampadina sul casco di Steve e poi su quello di Rachel e infine sul suo.

Rimasero seduti al buio, trattenendo il fiato. L'oscurità era assoluta, soffocante, lo aveva accecato. Rachel era scomparsa, e cosí pure Steve; d'un tratto i rumori delle travi diventarono troppo vicini, inquietanti; dapprima ci fu soltanto quello: uno sgocciolio, un cigolio e l'eco di macchinari sferraglianti.

Ma poi ci fu qualcos'altro. Accanto a lui, Rachel ascoltava, rigida: dapprima si sentí un sospiro, poi un sibilo e infine un clangore. Stavolta il rumore non era davanti a loro, ma nemmeno sopra o sotto.

— Ci stiamo muovendo — disse Rachel.

Esatto. Quello che aveva sentito era lo sferragliare delle ruote e dei vagoncini sui binari; un rumore che lo avvolgeva come la polvere invisibile e li trascinava avanti, nell'oscurità opprimente, tra pareti sempre piú anguste... verso il luogo dove Stands li aspettava sogghignando.

All'improvviso, dal buio della galleria risalí un urlo acuto e prolungato, chiaro e inconfondibile anche al di sopra dello sferragliare dei vagoni. "Sembra un grido di guerra degli indiani" pensò Jules "come quelli che lanciavo da piccolo, giocando." Ma non era stato lui a lanciarlo, e nemmeno Rachel o Steve. L'urlo rotolò sulle pareti, salendo e scendendo come una barca sul mare in tempesta. Era piú una risata che un urlo; ma certo, quell'ululato folle apparteneva all'uomo-ombra, nessun altro gli somigliava, non c'erano dubbi.

Davanti a loro comparvero dei puntini luminosi, si accesero uno dopo l'altro, come le luci lontane di una città. Il convoglio stava rallentando. L'ululato dell'uomo-ombra era dietro o davanti a loro? Proveniva da piú punti contemporaneamente, dal soffitto, dalle pareti, come il richiamo di una belva preistorica. "Non ha niente di umano" pensò Jules.

Steve rovistava alla cieca nello zaino, ne tirava fuori qualcosa. Aggrappata alla mano di Jules, Rachel balbettava frasi incoerenti, sommerse dal rumore. Cosa potevano essere quelle luci, sempre piú intense e vicine? Che stava dicendo Rachel? Che cosa gli indicava...? E poi, quando la ragazza abbassò di scatto la mano e se la mise sulla bocca per soffocare un grido, anche Jules vide. Le luci non erano, come aveva creduto, in fondo al tunnel. Le luci erano sul treno.

E si muovevano sui vagoni, venendo verso di loro. Ecco perché s'ingrandivano. Quante erano? Quante creature dall'occhio ciclopico? Cercò di contarle. Dodici, tredici, quattordici. Quattordici occhi accecanti e fissi; quattordici sagome curve.

"No" pensò "no, è impossibile." Cercò di scacciare quei pensieri, ma suo malgrado sentí la voce di Dave Brookman echeggiargli nella mente:

«*Se volesse, potrebbe fare resuscitare i morti...*»

Eccome, se poteva. Poteva, e l'aveva *fatto*. Aveva sempre sostenuto di poter fare qualunque cosa. E adesso anche Jules lo sapeva, e avrebbe voluto non averlo scoperto mai.

E poi, quando le luci abbaglianti li avevano ormai quasi raggiunti, Steve domandò: — Quanti? Quanti minatori sono morti nell'inondazione? — Impugnava un martello da tre chili con mano tremante, ma aveva l'aria di non sapere bene come usarlo. — Perché? Perché è arrivato a tanto?

— Perché è quello che desideravate, tutti voi — rispose una voce dietro di loro.

Si voltarono di scatto, il cuore in gola.

— Voi e gli altri in città — continuò la voce invisibile, dal punto piú oscuro del Luogo Oscuro. — Le mogli che desideravano riaverli con sé. I vecchi stupidi come Ruth, che volevano vedere la vita dopo la morte. È quello che volevate tutti, no? — Una risatina sinistra, e poi: — Volevate la vostra miniera per essere di nuovo ricchi, e guardate! L'ho resa ricca! Volevate che i vostri morti tornassero sulla terra, e guardate! Li ho fatti tornare!

La sua risata ululante riempí il tunnel.

Le luci dei minatori li raggiunsero, li circondarono.

E poi, in silenzio, scesero barcollando dal vagone e avanzarono sciaguattando nel fango, Jules con la mano intorpidita in quella di Rachel, Steve col suo zaino e il martello. Si fermarono incerti, accerchiati dalla risata ululante, dai minatori morti e ansimanti.

— Mia sorella, parassita schifoso! — gridò Jules.

— Lasciala andare, non hai il diritto di trattenerla! — urlò di rincalzo Steve. — Lasciala andare! E tieni lontane queste cose morte! Fa' che tutto torni come prima!

Rachel rimase in silenzio.

Jules s'irrigidí ascoltando urla e insulti rincorrersi nella galleria come creature spaventate, in fuga. Gli esseri simili a ciclopi si erano fermati o avevano rallentato l'inseguimento e ora Jules poteva udirne il respiro rantolante, un respiro che graffiava come se avesse artigli. Almeno, la risata ululante si era finalmente zittita. Questo non avrebbe dovuto confortarlo? Ma poi una nuova luce si accese davanti a loro, nel punto da dov'era venuta la voce, e cominciò a diffondersi lentamente, proprio come nel padiglione della chiromante. Dalla luce emersero alcuni dettagli: una mano, una piega di cuoio nero, una macchia pallida. Non era il fanale di un casco o il raggio di una lampada a olio: la luce sembrava scaturire da Stands.

Nell'oscurità risuonò un gemito, un raspare.

Jules si sentiva sempre piú debole, incapace di muoversi. Se Rachel gli avesse stretto ancora piú forte la mano, gliel'avrebbe stritolata. Provò a darle una spinta, cercando di farla reagire, ma anche lei era paralizzata dalla paura. Perché i suoi sogni si erano sempre conclusi laggiú, ecco perché. Non sarebbe mai dovuta scendere insieme a loro, e Jules l'aveva sempre saputo ma era come se lei conoscesse qualcosa che lui ignorava, o avesse sognato di peggio e non avesse voluto dirglielo. Ma perché tenerlo per sé?

— Rachel? — bisbigliò, mentre la luce s'intensificava e si allargava.

Una vocina piagnucolò: — Aiutatemi.

Jules si voltò di scatto. Steve aveva sollevato il martello, pronto a lanciarlo. La vocina proveniva dalla luce che circondava l'uomo-ombra. E poi, aguzzando la vista, Jules intravide una macchia bianca raggomitolata ai piedi di Stands. Laurie.

Gridò il suo nome, piú volte.

— Jules! — gli rispose.

— Laurie!

Incrociò lo sguardo della bambina, cosí indifeso da fargli venire voglia di urlare. Era in ginocchio e Stands la teneva saldamente per i capelli. Piangeva, e la cosa che lei chiamava Toby le girava attorno e guaiva.

Steve abbassò il martello. — Lasciala andare! — Il grido rimbalzò echeggiante sulle pareti.

— Che cosa? — esclamò Stands. — Permettere che la mia piccola Laurie mi abbandoni? Tu non mi lasceresti mai, vero Laurie?

Singhiozzando, la bambina cercò di divincolarsi, ma Stands la bloccò con uno strattone ai capelli. — Invece sí — singhiozzò lei. — Sí! Voglio andare con *loro*! — Cercò Jules con lo sguardo. — Lasciami, lasciami! Oh, Jules, credevo che fosse buono ma non è vero! Non è buono! È cattivo! Cattivo! Tanto cattivo! — Si divincolò urlando, mentre Stands continuava a tirarla per i capelli. — Jules... — implorò.

Steve lanciò il martello.

Fu soltanto la distrazione di un attimo, ma bastò. Il martello volò verso la faccia dell'uomo-ombra e Laurie sgusciò, si divincolò, si liberò dalla stretta e corse a piedi nudi verso di loro. Corse verso Jules, ma lui non la vide subito. Stava fissando Stands, incredulo.

L'uomo-ombra non aveva neanche battuto ciglio. I suoi occhi erano come carboni ardenti, la bocca sorrideva ancora. Il martello non l'aveva colpito, gli era passato proprio sopra la spalla e adesso roteava su se stesso come un boomerang, tornando rapido indietro.

Steve Harper fu atterrato prima ancora di riuscire a muoversi. Il martello lo colpí in pieno petto, scaraventandolo a terra.

E finalmente questo sembrò risvegliare Rachel, che lasciò la mano di Jules e corse verso il ragazzo boccheggiante. — Steve? — balbettò. — Steve, stai...

Per un lungo momento Steve rimase disteso immobile, ansimante, ma poi riuscí a dire: — Quel maledetto... — e continuò a inanellare una serie di parolacce.

— Starà subito meglio — disse Rachel a Jules.

— Aiutalo, se necessario — le rispose lui senza voltarsi. Adesso Laurie l'aveva raggiunto e gli stava incollata come una tellina: l'aveva circondato con le braccia e singhiozzava, con la testa affondata nella sua pancia.

— Mi ha costretta lui — piangeva. — È stato lui, mi ha costretta. Aveva detto che avrei visto il Mondo Nuovo, pieno di cose bellissime, ma non era vero; è un bugiardo, è cattivo, lo odio! Mi ha chiuso qui con tutti quegli uomini morti, Jules, davvero. Li ha fatti uscire dalle pareti e dal pavimento! — Fu interrotta da un altro accesso di pianto.

— Tientela pure — disse Stands. — Mi sono già servito di lei.

— Perché proprio lei? — sbottò Jules. — Cos'hai trovato in lei di cosí speciale da farle subire tutto questo?

— È stata lei a chiamarmi. Qualcuno mi chiama e io accorro, come un cane fedele. Non te l'avevo detto? Non sapevi che era stata lei?

Dapprima Jules rimase attonito: la rivelazione gli bloccò il cervello, impedendogli di pensare. Fissò Laurie, i suoi occhi stupiti, confusi, indifesi.

— Tu? — esclamò.

Lei scosse la testa, piangendo. — Non lo so piú.

— L'hai chiamato *tu*?

Poco lontano si udí un fruscio, il rumore di qualcosa che si trascinava nell'oscurità. Jules non riusciva a vedere chi o che cosa fosse, ma era sicuro che fosse Steve che cercava di rimettersi in piedi. Dietro di loro, i minatori immobili li fissavano rantolando.

— Ma certo che mi ha chiamato lei — disse Stands. — È lei che ha il potere, vero Laurie? Noi due siamo proprio una bella squadra. I desideri di Laurie e le mie capacità. L'abbiamo fatto succedere insieme. Siamo stati noi a rimettere in sesto Eastfield.

— Ne avevamo proprio bisogno — replicò Jules ironico, ricordando la visione di Brookman. — Una città di zombi. Non ci servono i tuoi maledetti favori.

— Avresti preferito che lasciassi le cose com'erano? Senza di me questa città morirebbe. La chiuderebbero seduta stante!

— Meglio cosí.

— Credi davvero?

— Già.

L'uomo-ombra sogghignò, circondato dalla luce verdognola. — Non sai quello che dici. Preferiresti veder scomparire la tua città piuttosto che qualcuno faccia qualcosa per salvarla?

— Ci puoi scommettere — replicò Jules. — E vuoi sapere perché? Perché è già morta. È meglio una cosa morta che resta tale, piuttosto che questo. Prima le cose andavano male, ma *ora*... — Lanciò un'occhiata alle creature simili a ciclopi. — ... è tutto schifosamente anormale!

— Avete sentito, ragazzi? — gridò Stands. — L'hai sentito, Paddy Richardson? Ha detto che sei anormale! — I minatori morti avanzarono barcollando e brontolando, allungando le dita tra i fasci di luce dei caschi. — Lo sentite cosa dice? — sogghignò ancora Stands.

Laurie singhiozzava. Lo spazio tra Stands e i minatori si riduceva sempre piú. Anche Stands si avvicinava a piccoli passi tranquilli. Jules si guardò attorno alla ricerca di una via di fuga, ma adesso non era la paura a paralizzarlo: semplicemente non c'era una via di fuga. Se solo fosse riuscito a pensare, se si fossero fermati e gli avessero permesso di riflettere... Aveva la sensazione di dover ricordare qualcosa, qualcosa che gli aveva detto Ruth. Doveva essere importante, ma non riusciva a ricordare, non ci riusciva proprio...

Rachel urlò quando dita scivolose le strisciarono su una spalla, ma riuscí a divincolarsi e si slanciò verso Jules. Quando lo raggiunse, il suo urlo si stava ancora ripercuotendo nelle gallerie. Dietro di lei, Steve si era quasi rialzato e stava cercando di aprire lo zaino. "È inutile" pensò Jules; dentro non c'era niente che avrebbe potuto aiutarli.

— Dille... — stava balbettando Rachel, senza fiato. — Dille che deve ribellarsi a lui, come ci ha detto Ruth, dille...

Ma sicuro! Finalmente Jules seppe che cosa stava cercando di ricordare; era la loro unica possibilità, l'unica speranza. Cos'aveva detto Ruth alla chiesa degli spettri, la frase che non era riuscita a finire? «Forse la fede che l'ha reso forte potrebbe...»

— Diglielo — ripeté Rachel, gli occhi fissi su Stands.

Steve era riuscito ad aprire lo zaino e ora ci stava frugando dentro.

— Laurie — disse Jules, costringendo sua sorella a guardarlo. — Voglio che tu faccia bene attenzione, voglio che tu...

Ma Laurie continuava a gemere: — Mi dispiace, mi dispiace, ho espresso un desiderio e lui è venuto e l'ha esaudito, ho espresso un desiderio e pensavo che lui fosse buono, mi dispiace, mi dispiace di averlo fatto venire, mi dispiace...

— Laurie — insisté Jules, stringendola dolcemente. Ma non riuscí a proseguire, perché Steve gridò e si ritrasse bruscamente dallo zaino. Lanciandogli un'occhiata, Jules lo vide sfilare la mano e alzarsi di scatto, mentre dallo zaino spalancato usciva strisciando un groviglio di viscide anguille nere.

Jules distolse lo sguardo, nauseato; un altro trucco, un'altra stupida esibizione. Doveva ignorarla e concentrarsi su Laurie. L'abbracciò, cercando di aiutarla a capire.

— Laurie, ascoltami: voglio che tu faccia quello che ti dirò. Devi girarti e guardare in faccia il signor Stands.

— No! — strillò lei. — Non posso, lo odio, non posso!

— Vogliamo che tu esprima un desiderio — intervenne Rachel.

— Sí — aggiunse Jules — e stavolta sarà un desiderio per te, non per lui. Laurie — la implorò — se lo odi davvero tanto, devi girarti e guardarlo.

Ma lei affondò ancora di piú tra le sue braccia, singhiozzando.

— Puoi farlo andare via, se vuoi — la incoraggiò Rachel.

— Certo che puoi — intervenne Steve Harper, che forse aveva capito la situazione meglio di tutti, perché aggiunse: — Ogni tuo desiderio si avvera, giusto?

— Sicuro — assentí Jules, e alzò lo sguardo. Stands si era fermato; e cosí pure le creature rantolanti dall'occhio ciclopico. Avevano paura? Avevano capito che Laurie poteva ribaltare la situazione? Per la prima volta Jules vide la collera sulla faccia solitamente impassibile dell'uomo-ombra, la paura in occhi che non avevano mai mostrato incertezza. Anche il sogghigno si era spento, lasciando intravedere l'autentico orrore celato sotto la maschera sorridente. Per un istante, la faccia di Stands si contrasse, come se i muscoli si riassestassero e prendessero una forma nuova. Il sogghigno sparí, sostituito da una smorfia diabolica, a labbra ritratte e denti snudati come quelli d'un cane.

— Ascolta — disse Jules, sentendo il calore delle lacrime di Laurie e il flebile battito del suo cuore. — Sei stata tu a volere che venisse e ora...

— Non sapevo chi era — mormorò lei.

— Sei stata tu a desiderare che venisse, e ora puoi desiderare che se ne vada.

— Non devi fare altro — le sussurrò Rachel.

— Tutto qui — aggiunse Steve.

— Tutto qui?

— Sí — disse Jules.

— Posso desiderare che se ne vada, e lui se ne andrà?

— Proprio cosí.

A pochi passi di distanza, la faccia dell'uomo-ombra stava cambiando: i muscoli pulsavano, gli occhi si gonfiavano come ostriche. Dai denti snudati filtrarono il sibilo d'un serpente e il ringhio d'un cane.

Le luci si affievolirono, mentre i minatori morti arretravano lentamente. Possibile che i morti avessero paura? Esisteva qualcosa che temevano piú della morte?

— L'abbiamo in pugno — urlò Steve. — L'abbiamo in pugno, quello schifoso...

— Presto — incitò Rachel, afferrando la mano di Jules e stringendola forte. — Presto.

— Laurie — disse Jules, mentre sua sorella alzava lentamente la testa. — Voglio che tu faccia questa cosa. — Prese fiato, cercando di calmarsi. — Voglio che ti volti e lo guardi in faccia, Laurie. Ricordati tutte le brutte cose che ha fatto. Odialo, Laurie. Odialo con tutte le tue forze ed esprimi il desiderio che se ne vada. Tutto qui. Tu hai voluto che venisse, e ora devi mandarlo via!

Laurie si voltò e le creature sul sentiero lanciarono urla che si ripercossero sulle pareti e sui vagoncini. Inermi e timorose, indietreggiarono barcollando nel buio, mentre le luci dei loro caschi si affievolivano e le grida diventavano lamenti e singhiozzi. Laurie guardò in faccia Stands e, chissà dove nel buio, la cosa che lei chiamava Toby cominciò ad agitarsi e a guaire freneticamente. Imbronciata, proprio come quando non riusciva a ottenere quello che voleva, la bambina puntò il dito verso Stands.

— Tu! — gridò. — Tu! Non ti voglio piú bene! Non ti voglio piú! — E chiuse gli occhi per esprimere il desiderio.

Per prima cosa Jules vide svanire la luce dell'uomo-ombra. Da qualche parte si levarono sgocciolii e scricchiolii, e anche un suono nuovo, un suono che Jules aveva già sentito il giorno della fiera: il grido di guerra dei venti che si radunavano.

Ormai la faccia dell'uomo-ombra non era piú una faccia. La maschera era scomparsa, cancellando occhi e lineamenti e lasciando solo una bocca ghignante. Poi i denti si separarono e la bocca si aprí, ma non ne uscirono parole. Ne scaturí un velo di fumo scuro, sibili di serpenti e ululati di lupi; e il fumo non era fumo, ma uno sciame nero di creature che stridevano e ronzavano. Cozzarono contro le pareti e le travi e i vagoncini pieni di carbone e caddero a terra; alcune si scontrarono con facce, mani e braccia, o l'una contro l'altra, squittendo e agitando le ali. Poi svanirono lungo il sentiero, atterrite, alla ricerca di un'oscurità ancora piú assoluta.

Laurie urlava, gli occhi ancora chiusi, senza avere il coraggio di aprirli. Di fronte a lei, Stands cominciò ad afflosciarsi come un pallone da spiaggia... non solo la faccia, ma tutto il corpo; era in piedi, magro come uno spaventapasseri scrollato dal vento sempre piú forte. Jules non seppe fare altro che fissarlo. Di certo quel bastardo non aveva altri assi nella manica. Forse avrebbero fatto meglio a filarsela subito, ma non riusciva a distogliere gli occhi da quella cosa sul terreno, nemmeno per guardare Rachel.

Però sapeva che lei era là. La stretta della sua mano era piú salda che mai. Anzi, sembrava sempre piú forte man mano che Stands rimpiccioliva e i venti furiosi si avvicinavano.

Pochi istanti ancora, e la forza del vento li colpí e li superò... gemendo, lamentandosi, urlando. Jules chiuse gli occhi per proteggerli dalla polvere. Una raffica gelida lo colpí in viso, gli scompigliò i capelli e gli abiti. E non era la voce dell'uomo-ombra, quella che sentiva risuonare in mezzo all'urlo del vento?

«Vengo da un'altra città, e dopo che avrò finito passerò alla prossima... Passerò alla prossima...»

Finalmente, dopo quella che sembrò un'eternità, il vento calò fino a diventare una brezza, un sussurro, un nonnulla. Quando smise, Jules non osò quasi respirare. Forse era finita. Forse, grazie a Dio, era finita.

Quando aprí gli occhi, si accorse subito che Stands era scomparso. Svanito. *Via col vento*, pensò e stupidamente gli venne voglia di ridere. «*Via col vento*» aveva detto Rachel la sera che si erano baciati. Poi aveva riso e adesso anche Jules aveva voglia di ridere, e lo fece. L'uomo-ombra se n'era andato, scomparso, svanito. Forse anche Rachel condivideva la sua allegria: sentiva la forte stretta della sua mano, una stretta rassicurante. Avrebbe voluto abbracciarla, stringerla, ridere, festeggiare. "Aspetta" pensò "prima è meglio uscire di qui." Per ora gli sarebbe bastato fissare quegli intensi occhi castani, ripensare a come si era sentito sciogliere la prima volta che lei l'aveva guardato, ricordare... com'era la vita di tutti i giorni. Cosí, mentre la luce dei caschi si affievoliva e la polvere dei minatori morti tornava a mescolarsi alla polvere di carbone che avevano respirato per tutta la vita, si voltò a guardarla negli occhi.

Ma nessuno sguardo incontrò il suo.

Nessuno gli stringeva la mano.

Per un istante ancora percepí la pressione delle sue dita, e poi anche quella sensazione svaní.

Incredulo, si lasciò cadere lentamente in ginocchio. Da lontano, vicina e insieme remota, sentí l'eco dell'eco della voce di Steve: — Jules, mi dispiace, Jules, non avrei mai creduto...

"Neanch'io" pensò Jules, mentre la galleria ripiombava nell'oscurità e lo scricchiolio delle travi riprendeva il sopravvento: Stands se n'era andato, e anche Rachel.

Dietro di lui Laurie, incapace di capire, si grattava la testa chiedendo: — Dov'è Toby? Dov'è? E *dov'è* quella ragazza che era con te, Jules?

— Jules, non avrei mai *immaginato*... — disse Steve.

Per un po' non riuscí a sentire altro che il battito del proprio cuore e i suoi pensieri confusi. Chi avrebbe potuto immaginarlo? Sospettarlo? Stentava a crederci, ma la verità era quella: anche lei era scomparsa tra la polvere. La ragazza "nuova" sbucata, come Stands, dal nulla. Finalmente riusciva a capire cos'aveva in mente quando gli aveva detto: «Non credo che ne verrà fuori niente... Non credo di poterti rendere felice.»

Gli era sempre sembrata troppo bella per essere vera, troppo perfetta, troppo simile alla ragazza dei suoi sogni. Quel giorno in palestra non sudava e l'incendio di Moxon Street non l'aveva nemmeno sfiorata. Forse avrebbe dovuto capirlo allora, ma era troppo sconvolto. Non era stata che un ennesimo trucco, un altro desiderio avverato; qualcosa che aveva desiderato e sognato in segreto; qualcosa che non era reale.

Ecco perché l'istinto l'aveva portata da Stands, perché in sogno era stata ossessionata dal Luogo Oscuro. In un certo senso apparteneva a Stands, era quasi parte di lui. E forse, pensò Jules, ed era il pensiero piú duro di tutti, forse non si era mai resa conto di quello che era.

La luce dell'ultima lampada svaní, calò l'oscurità. Steve e Laurie erano già pronti a mettersi in moto. Da laggiú non si poteva manovrare la gabbia, dovevano trovare un altro modo per uscire. Forse avrebbero potuto azionare qualche allarme. In caso contrario, avrebbero dovuto farsi a piedi tutti quei cunicoli bui fino a raggiungere una delle miniere confinanti, Goldthorpe o Pontefract, e ci avrebbero messo ore. Ma quello era l'ultimo dei loro problemi. Steve lo prese per un braccio e lo aiutò a rialzarsi mentre Laurie, poco piú avanti, chiamava Toby.

— Andiamo? — disse Steve.

Epilogo

E poi arrivò lunedí, una giornata da due ore di francese e due di fisica.

Jules era seduto da solo al tavolo della cucina, davanti alla colazione intatta, e allungava il collo per guardare fuori dalla finestra senza doversi alzare. Il cielo era limpidissimo, le case di Mount Temple marrone opaco e, sul terreno, la neve cominciava a sciogliersi. In meno di un giorno la città avrebbe ripreso il suo color carbone. Non era un pensiero entusiasmante, ma era già qualcosa.

Era in ritardo di quindici minuti per la scuola. A quell'ora stavano già coniugando verbi francesi mai sentiti, ma per una volta voleva prendersela comoda: voleva oziare, prendersi del tempo, tornare a sentirsi normale.

Al piano di sopra risuonò uno scricchiolio, un lamento, lo scatto di una serratura.

Era la nonna che se ne andava in giro. Tutto normale. Era tornata la mattina precedente, due ore dopo che il direttore di Goldthorpe aveva accompagnato a casa lui, Steve e Laurie; una volta arrivati a casa, infreddoliti, affamati e neri di carbone, dopo che i genitori si erano calmati e avevano messo da parte paure e preoccupazioni, il racconto della loro storia si era protratto per un giorno e una notte. — Speriamo — aveva concluso suo padre — di essere tornati alla normalità.

La normalità era una bella cosa, a volte addirittura fantastica. Ma non includeva Rachel, e questo era orribile.

Però c'erano altre cose da fare, cose che l'avrebbero aiutato a non pensare a lei. Per esempio gli esami. E dopo gli esami... Ma chi vuoi imbrogliare, Jules Dwyer?

Rimase seduto ancora un po', a finire il caffè ormai freddo. Fuori, sopra i tetti, il cielo era di un azzurro cosí intenso e sereno che sembrava quasi estate. Ma *era* estate; l'estate arrivata dopo la primavera.

Finalmente decise di muoversi. Era in ritardo di quasi mezz'ora, ma una passeggiata era proprio quello che ci voleva. E poi dubitava che Steve Harper fosse già arrivato; entrambi avevano una buona scusa per non affrettarsi, anche se sua madre si era impegnata ad accompagnare Laurie all'asilo prima delle nove, come d'ora in poi avrebbe probabilmente fatto ogni mattina. Sarebbe rimasta all'asilo tutto il giorno, se gliel'avessero permesso.

Era già sulla soglia quando si fermò, vedendo la bambola che cammina-parla-e-fa-pipí di Laurie nella cesta della biancheria sul pavimento. Aveva la faccia ancora ricoperta di puntini fatti col pennarello. Senza sapere perché, la tirò su e se la rigirò tra le mani. "Laurie e la sua maledetta fantasia" pensò. "È da lí che è cominciato tutto, no? Laurie e la sua fantasia." Scosse la testa, fece un mezzo sorriso e tirò la cordicella sulla schiena della bambola.

— *Mi chiamo Mandy e mi sento molto meglio, grazie.*

Anche questo era abbastanza normale.

Lasciò la bambola in cucina, uscí chiudendosi la porta alle spalle, imboccò il vialetto, superò la buca della sabbia e il cane-giocattolo a rotelle. Soffiava una tiepida brezza mattutina. Per l'ora di pranzo sarebbe diventata piú calda, finendo di sciogliere la neve, di trasformarla in fango.

Aprí il cancelletto e si fermò un attimo, in ascolto. Lontano, un treno si stava avvicinando o allontanando dalla città. Dal rumore sembrava il rapido, quello che non si fermava mai. Lo ascoltò passare, poi si chiuse il cancello alle spalle e se ne andò.

"Bah, che gratitudine! Prima ti chiamano e poi ti cacciano; prima vogliono qualcosa e poi non la vogliono piú; ti accolgono con una mano e con l'altra ti preparano i bagagli. Non si può mai dire cosa desidera veramente la gente. Alcuni neanche sanno cos'hanno in testa."

Si era scrollato via dalle scarpe la polvere di quella squallida cittadina mineraria e non aveva motivo di guardarsi indietro. Compiti nuovi e piú piacevoli lo attendevano.

Era seduto in prima classe, a gambe distese e con i piedi incrociati sul sedile di fronte. Non aveva un posto prenotato e nemmeno il biglietto, ma non faceva differenza. Ogni tanto, un controllore percorreva il treno alla ricerca di biglietti da bucare. Poi si allontanava e ne cercava altri.

Nel vagone di Stands c'erano altre cinque o sei persone, i soliti fumatori di sigaro con l'abito gessato, alcuni che leggevano documenti dall'aria importante, un paio raggomitolati dietro un giornale. Il controllore si fermava davanti a ciascuno di loro, ma non da Stands... perché Stands non voleva che accadesse. Passava oltre, come se fosse cieco.

Rimase seduto a guardare la campagna che gli scorreva davanti rapida: verdi distese di campi esposti alla luce ambrata del sole. Quale sarebbe stata la prossima fermata? A nord, verso Tyneside, a nord-ovest verso le dolci colline e i laghi velati di nebbia del Cumberland? O ancora piú a nord, verso i laghi e le brughiere della Scozia e i solitari abitanti delle isole; o a sud, verso le città... Birmingham, Londra, Brighton? Da qualche parte, da qualche parte...

Sarebbe andato dovunque qualcuno lo avesse chiamato.

Da qualche parte una vocina lontana, flebile ma distinta, lo stava chiamando dal cuore della città piú vicina. Ancora non sapeva dire da dove, ma presto l'avrebbe scoperto; presto avrebbe saputo un sacco di cose su quella voce, su quella città e su tutti i suoi abitanti. Presto gli sarebbe corsa incontro lungo i binari e allora l'avrebbe udita piú chiaramente. E allora avrebbe saputo.

Restò seduto a guardare fuori dal finestrino e lentamente, mentre all'orizzonte saliva la prima tempestosa nuvola grigia, sulla sua faccia tornò ad allargarsi quel sorriso sinistro.

Indice

JUNIOR HORROR

1. Robert Swindells
La stanza 13
3. Vivian Vande Velde
Compagni della notte
4. Kenneth Lillington
Incantesimo crudele
5. Robert Westall
Quasi un fantasma
6. Roger Stevens
I misteri della palude
7. Alison Stewart
La maledizione di Jameson Place
8. Michael Scott
Luna d'ottobre
9. Robert Swindells
I mille occhi della notte
10. Hugh Scott
La tomba tra le dune
11. Robert Westall
Viaggio nel buio
12. Roger J. Green
La pietra del diavolo
13. Pete Johnson
Paura
14. Anthony Masters
A luce spenta
15. Jahnna N. Malcolm
Un cadavere irrequieto
16. John Bellairs
La pendola stregata
17. Bruce Coville
Il libro dei mostri
18. D. E. Athkins
Lo squartatore
19. Robert Swindells
Idra
20. Cinzia Marotta
Futuro S.p.A.
21. Leon Garfield
Il fantasma del piano di sotto
22. Adèle Geras
La maschera di Dracula
23. Christopher Pike
Monster
25. Brian Jacques
Sette storie di... paura
26. John Bellairs
Orbite vuote
27. Isaac Asimov (a cura di)
Storie di giovani fantasmi
29. Christopher Pike
L'avvoltoio
30. Ann Halam
L'uomo nero
31. Christopher Pike
L'ultimo vampiro
33. Christopher Pike
Sangue di tenebra
34. Christopher Pike
Dadi scarlatti
35. Lisa Taylor
Ghiaccio mortale
36. Roger J. Green
La pietra delle Nove Streghe
37. Theresa Breslin
Sussurri tra le tombe
38. Robert D. Gallo
C'è una tomba che ti aspetta
39. Kenneth Ireland
Zona d'ombra
40. Mary Hahn Downing
Il male bussa alla porta
41. Robert Westall
Le pietre di Muncaster
42. Josephine Poole
Fuoco infernale
43. William Sleator
Le creature
44. Margaret Mahy
Operazione terrore
45. Robert Westall
Il teschio
46. Chris Westwood
Una voce nel buio
47. S. R. Martin
Non del tutto umano

88-04-48283-4
2000/J
2